叫んだ三井がテーブルに手のひらを叩きつける。
続きの間の襖ががらりと開き、周平が入ってきた。
離れについている露天風呂に浸かった身体からは、
ほかほかと湯気が立っている。

ラルーナ文庫

仁義なき嫁
乱雲編

高月紅葉

三交社

CONTENTS

Illustration

高峰 顕

仁義なき嫁　乱雲編

本作品はフィクションです。
実際の人物・団体・事件などにはいっさい関係ありません。

1

駅裏にある大滝《おおたき》組の事務所は、五階建ての古いビルだ。

二階には倉庫部屋が並び、三階と四階には業務フロアと応接室がある。五階はまだ、佐《さ》和《わ》紀《き》も入ったことがなかった。

「んっ……」

じりじりと近づいてきた周平《しゅうへい》に腰を抱かれ、頬《ほお》を滑ったくちびるが重なってくる。拒む理由は何もなく、佐和紀は素直に受け入れた。

舌先が忍び込んできて絡むと、濡《ぬ》れた音が階段の踊り場に響くようで落ち着かない。それでも佐和紀はスーツの襟を摑《つか》み寄せ、周平の動きに合わせて右へ左へと首を傾けた。

そのたびに痺《しび》れが生まれ、目眩《めまい》で立っていられなくなる。

「佐和紀……」

乱れた息遣いに呼ばれ、佐和紀はぐっと目を閉じた。周平の手が着物の裾《すそ》を引き上げようとする。

「ちょっ、ダメ……だって……」

「よく言うよ」

笑う声が低くかすれると、男の色気が匂《にお》い立つ。佐和紀は強引に裾を取り戻し、身体《からだ》をひねって逃げた。

場所柄も考えずに求め合うのは、よっぽど会えない日が続いたときだけだ。今日は朝から触り合って満足している。

「そういう気分じゃない」

「部屋ならいくらでもある」

「バカ。応接室か倉庫だろ……。キスだけで我慢しろよ」

「ちょっと淡白になったたな」

「おまえが盛りすぎてんだよ。手を、入れるな」

袖から忍び込んだ指が、佐和紀の肌着の上から乳首をかすめた。身体は素直だ。こらえきれずにビクリと跳ねる。

「こういうことするぐらいなら、日付が変わる前に帰ってこい。冗談が過ぎたら、いい加減に怒るぞ」

「カーセックスは好きなくせに」

「ぐっ……」

喉《のど》で息が詰まる。袖から腕を引き抜き、振り向いた。

わざと周平の腰に身体を押しつける。

「……俺がしたいときは行く。そういう約束だろ。今はしたくない！」

まだ臨戦状態にはなっていない硬さを感じながら、はっきり拒絶した。周平が不満げな表情で一歩後ずさる。

「俺がしたいときはどうしたらいいんだ」

「浮気したら殺すからな」

「勝手だな」

低い声で文句を言いながら、手は優しく佐和紀の頬を包む。指が肌を撫《な》で、くちびるがまた重なる。

「言ってんだろ。ちゃんと帰ってこい。仕事ばっかりしてんなよ。身体に悪いだろ」

「溜《た》めたものを出さないのも悪いだろう」

「……朝、出しただろ。死ね」

起き抜けに手間が省けるだろうと服を脱がされ、寝ぼけた身体を愛撫《あいぶ》されて火がついた。挿《い》れたってよかったのだ。

でも、最終的には佐和紀が舌先で受けて時間切れになった。

それだって朝っぱらからにしては特別サービスだ。

「寝ぼけてて色っぽかったな。無理しても、やればよかった」

周平のくちびるがあごを伝い、首筋をなぞる。強く吸われかけて押しのけた。袖に入れておいた眼鏡《めがね》を出して顔に戻す。

「こっちの身にもなれよ」

「俺の台詞《せりふ》だろ」

笑った周平はまだ足りないのか、佐和紀の眼鏡を押し上げようとした。

「ダメ。終わり」

笑いながら身をよじり、周平のジャケットの内ポケットから眼鏡を取る。

「佐和紀」

弱り切った声でねだられて、ついつい許してしまうのは好きだからだ。でも、押し切られたりはしない。お互いの上くちびると下くちびるにそれぞれキスをして、舌を絡め合ってからそっと離れる。

胸の奥にざわざわとした情欲の芽生えを感じたが、佐和紀は素知らぬ振りで着物の襟を正した。

「これ以上はフロアに戻れなくなる。勘弁してください。旦那《だんな》さん」

「貸しだ」

「なんでだよ！」

大声で返してから佐和紀は吹き出した。無表情を決め込んでいるように見える周平が、実は拗《す》ねているとわかったからだ。

「シンが車で待ってるだろ。早く行けよ」

オーダーメイドの三つ揃《ぞろ》えが、今日も眩《まぶ》しいほど凛々《りり》しい旦那の胸をぽんっと叩《たた》く。

「行ってらっしゃい。三日も待てば、また車まで行ってやるよ。布団よりもそっちがいいなら」

「できるだけ早く帰るよ」

ジャケットの襟を整え、ネクタイを直した周平がため息交じりに笑う。佐和紀は思わず視線をそらした。階段を駆けのぼる。周平はこのまま下りていくだろう。

「寝込みを襲ったら殴るからな」

途中で足を止めた佐和紀を見送るつもりの周平が肩をすくめた。その仕草は寂しげで、だからこそなおさらに男らしくて、佐和紀の胸の奥がチクチクと疼《うず》く。

「ちゃんと起こすよ」

肩の位置にあげた手をひらひらと振る周平は、だから夜は先に寝ていろと言いたいのだ。佐和紀も手を振った。後は振り向かずに三階へ戻る。

会話のざわめきが耳に戻り、身体にこもった熱を冷ますために給湯室でタバコを一本吸った。それからフロアへ出て、羽織を置いたままにしていた商談スペースのソファーに座る。

目の前にはスチール製の業務机が並んでいた。ノートパソコンが置かれ、書類もあちこちに積み上がっている。

座って作業している男たちの年齢は幅広い。温和な顔つきの中年や眼鏡をかけた優等生風の若者もいるが、ジャケットの下のシャツを脱げば、大半の肌には和彫りや洋彫りのタトゥーが入っている。彼らは、ほぼ前科者だ。

世話係の一人である三井《みつい》は、まだ外回りの報告をしていた。長い髪をひとつにまとめ、派手なシャツの袖をまくっている。

一日二時間ほどで終わる外回りではジャケットを羽織るが、それも今は佐和紀の隣に投げ捨ててあった。

「そこは女の子同士の揉《も》め事が激しいって。別の店から聞いた話。え、どこだっけ……。それ、報告する必要ある？」

書類作成が面倒な三井は、仲のいい構成員に報告書を作らせている。

持ち場はシマの中にいくつかあり、直営の店もあれば、みかじめ料を納めているだけの店もあった。地元に根づいている大滝組に対しては、『コンサルタント料』を払ってでも来てもらいたい商店の方が多い。

長い付き合いの店ともなれば、顔を出す構成員が気に食わずに変更を求めることもあるぐらいだ。

「思い出したら、電話する」

そう言いながら三井は腕時計を確かめ、佐和紀の待つソファーへ戻ってきた。

「この後、稽古《けいこ》だよな。車、出すから」

革張りのソファーの背に腕を乗せていた佐和紀は、壁にかかる時計へ視線を向けた。今日は、兄嫁の京子《きょうこ》に付き合って通う茶道教室の日だ。

「……姐《あね》さん、結構、評判いいよ」

シャツの袖を戻し、ボタンを留め直す三井がにやにや笑う。

佐和紀が睨《にら》みつけても、どこ吹く風でさらりと受け流した。

「連れていかないと文句言われるもんな。飲み屋のおっちゃんとか、キャバ嬢とか。着物姿がステキー、だってさ」

「おまえも着たら？　モテるかもな」

「ヤダっつーの。どうせ、七五三って言われんだから。ほんと、うっせぇよ。あんた」

悪態をついて笑い、ソファーに投げていたグレーのジャケットを翻す。

「ちょっと見てくれがイイからって、調子に乗んなよ」

口が悪いのはいつものことだ。三人いる世話係の中で、唯一、兄貴分の男嫁に対するタメ口を貫いてきた三井は、ますます歯に衣《きぬ》着せぬ物言いをするようになった。佐和紀も負けてはいない。

フロアの床を踏み鳴らす三井を鼻で笑い、佐和紀はソファーから腰を上げた。不満タラタラの顔をした三井はそれでもサッと動き、ソファーの肘掛《ひじか》けに置いていたこげ茶色の羽織を低い位置で開く。

大滝組の若頭補佐と、男ながらに結婚して一年半以上が過ぎた。私服の趣味が最悪だからと親元のこおろぎ組組長から勧められた和服もすっかり板につき、岩下の男嫁と言えば着物だと周知されている。

淡い灰色の細縞《ほそじま》と茶色の小格子を『追っかけ』で仕立てた紬《つむぎ》の袖を持って構え、着せかけてくれる唐桟縞小紋の羽織に腕を通す。

三井も慣れたもので、佐和紀が袖を納め終わるまで待ち、着物に襟を添わせた後、羽織の襟を外側に折った。最後に、背中のシワを手のひらで伸ばす。

礼を言うと、正面に回ってきて、赤い羽織の紐《ひも》を結び始める。

なぜか最近、三井は平織りの羽織紐を結ぶことに夢中で、初めの頃は気に食わないと何度でも結び直し、佐和紀はいつまでも付き合わされた。

「ここだけ真紅って、趣味いいよな。なんかエロい」

「死ね」

一言だけ返す。羽織紐は一度でピシリと決まり、三井は満足げに笑う

「あ、そうだ。髪の毛、上げたいんだけど」

佐和紀が前髪をいじりながら言うと、

「前髪？　セットして行くの？　いいよ。俺がやっていい？」

三井はフロアをぐるりと見渡した。書類作成を手伝ってもらっている構成員のところへ行き、整髪料を借りてくる。

「髪、伸ばしてるんじゃないよな」

手にクリーム状のものをつけ、ソファーに座った佐和紀の髪を豪快に手ぐしで掻《か》き上げた。

「京子さんが切れって言わないから」

「なんだよ、それ。俺とお揃いにするなよ、キモイから」

「お揃いになんかなるか。俺の方が似合うに決まってんだろ、ばーか」

「うわっ。ムカつく」

ゲラゲラっと笑い、手を洗ってくると言い残して去っていく。

周平の兄貴分の嫁である京子は、組長の娘でもあり、大滝組の屋敷では『姐《あね》さん』で通っている女丈夫だ。

新婚当初、暇だろうと連れ出されてお供したのをきっかけに、育ちに似合わない佐和紀の稽古事はまだ続いている。

とはいえ、茶道が楽しくて通っているわけじゃない。座っているだけもいいからと師範にしつこく頼まれ、京子の顔を立てているのが第一の理由。そして、第二の理由は、他の生徒から京子へ向けられる羨望《せんぼう》のまなざしややっかみがおもしろいからだ。

女同士の小競り合いを眺めていると、女の振りでホステスなんかをやっていた昔を思い出し、妙に懐かしい気分になる。

「御新造《ごしんぞ》さん。三井はどこへ行きましたか」

書類の代理作成を頼まれている構成員が駆け寄ってくる。

『御新造さん』という呼び名は、大滝組の屋敷に勤める家政婦の老婆が使い始め、屋敷に出入りする構成員たちから組内へと広まった。

「手を洗いに……」

フロアが不意に騒がしくなる。あちこちから「マジかよ」と声があがり、波紋が広がるようにざわつき出した。

「何があった？」

「いや、その……」

構成員は言い淀《よど》む。もぞもぞと落ち着きをなくし、三井を見つけるなり、オーバーアクションで手を振り回した。

「なんだよ。騒がしいな」

濡れた手を束ねた髪の先で拭《ぬぐ》い、三井が眉《まゆ》をひそめる。

「支倉《はせくら》さんが帰ってくるって聞いてるか」

「あー。信義《しんぎ》会の件でだろ。……ん？」

首を傾《かし》げ、腕を組む。

「今日、か？」

「もう日本についてるって連絡が入ったんだよ！」

「マジか！」

さっきからフロアを賑《にぎ》わせている台詞を、三井もまた口にする。あたふたと手を動かし、右往左往してからピタッと止まる。

「待て、待て。落ち着け、俺。報告書は揃ってる。女関係のトラブルもない。借金も作ってない。大丈夫だ、俺は大丈夫」

ブツブツと繰り返す。

「おまえは大丈夫か？」

構成員に尋ね、大丈夫だと言われて胸を撫で下ろし、そのままの姿勢で固まった。視線が佐和紀の上で止まり、頭のてっぺんから足の先までを、いまさらじっくりと検分する。

「なんだよ」

ソファーの背にもたれ、ハスに構えて睨みつけた。

「……姐さんのこと、知ってるよな？」

聞かれたのは、構成員だ。

「そりゃ、そうだろ。報告が行かないわけないし」

フロアの喧騒《けんそう》を背に、構成員が暗い声でぼそりと言う。

「支倉って誰《だれ》？」

頬杖《ほおづえ》をついて、佐和紀はこの世の終わりのような顔をしている二人を見比べた。三井がうぅんと唸《うな》ってから口を開く。

「誰、って……。アニキの舎弟で、渉外関係の手伝いをしている人なんだけど、何をしてるかはよくわからねぇ。しばらく海外に出てたんだけど……」

「帰ってきたら、何か問題でもあるのか？　あるんだろうなぁ」

フロア内の騒ぎを見ていればわかる。机に積み上げられた書類を大慌てで段ボールへ突っ込む男もいれば、意味不明の悲鳴をあげて机に突っ伏す男もいる。絵に描いたような大混乱だ。

「支倉さんの別名は『風紀委員』なんですよ。大滝組の風紀委員」

三井の隣に並ぶ構成員は、二つはずしているボタンをひとつ留め直し、だらんと緩んでいたネクタイを正した。

「私生活も、シノギも、書類関係も、チェックされるんです。もしも、不備があったら……、それが」

「それが？」

先を促す佐和紀の視線を受け、口ごもった構成員は三井を肘でつついた。続きを促された三井は肩をすくめ、大きく息を吐き出す。

「アニキが絡むと、メチャクチャ怖《こ》ぇんだよ。半端なく！」

「はぁ……」

「なんだよ、わかってねぇだろ」

「わかんねぇよ。ごめんな、全然わかんねぇ。でも、二人とも問題ないんだろ？　とりあえず、遅れる前に送ってくれ」

「タモッちゃんとシンさんにも連絡入れねぇと。あー、平和だったのになぁ！」

支倉という男が聞いたら、それだけで気を悪くするようなことをぼやいて、三井は車のキーをポケットから取り出した。

「気をつけてくださいね。御新造さん」

帯位置を下げ直した佐和紀は、勇気づけてくる構成員に一瞥《いちべつ》を投げ、両肩をひょいとすくめた。

やっぱり、言っている意味はよくわからなかった。

「要するに、口うるさいって意味よ」

『風紀委員』の説明を要約した京子は、うなじに手を添えながら笑顔を浮かべた。

目力のある美人だが、化粧と服装で印象が大きく変わる。カタギに混じる茶道教室では比較的におとなしい格好を選び、ハイソな奥様風を演じていた。が、あくまでも『奥様風』だ。

本人もわかっているから、周りの陰口に対抗するためにも佐和紀を連れ回し、卑屈にも攻撃的にもならない態度を取っている。教室内はほぼ二つの勢力に分かれ、片方のトップが京子だった。ヤクザの妻だと知っていても慕われるのは、京子のけれんみのなさに魅力があるからだ。

「私の弟の紹介で舎弟にしたって経緯なんだけど……、支倉の惚《ほ》れ込みようはすごいわね。周平さんの不利益になる相手なら殺しかねない勢いよ。まぁ精神的に追い詰める嫌なタイプなんだけど」

「俺なんかは嫌われるんでしょうね」

「どうして？」

ごく普通に切り返してきた京子は、いまさら気がついたように笑顔を凍りつかせる。二人は、教室が開催されている公園の茶室から駐車場へと向かっていた。

「そうね……。でも、周平さんのことだから、ちゃんと……、ちゃんと……、どうかしら、ね……」

最後には小声になって口ごもった。

「周平の舎弟なんですよね」

「そうよ。そうなんだけど、独自でやっていることの方に重点的に関《かか》わらせていて、舎弟っていうよりは部下なのよね。口うるさいのは周平さんに対しても同じで、有能だけど束縛のきつい相手なのよ」

「束縛、ですか」

何を言えばいいのか、佐和紀にはわからない。

それほど周平に対して発言力を持っている男を想像するのは難しい。しかも、舎弟だ。兄貴分である大滝組若頭の岡崎《おかざき》ならまだしも。

「周平さんがいるときに会えば、たぶん大丈夫よ」

京子の目が泳いでいる。かなり確実に大丈夫じゃない。

「今回は、弟も一緒に帰国してるの」

取ってつけたように話を変えた京子が、茶道教室の友人に声をかけられた。

先に行くように促した京子の表情には、支倉の話題から逃れられる安堵《あんど》感がありありと浮かび、佐和紀はその場を離れながら首を傾げる。

支倉がどんな人間でも構わない。嫌われようが、疎まれようが、それもまた本人の自由だろう。

ただ、胸の奥にはモヤモヤしたわだかまりが生まれていた。これで支倉というのが美女だったりしたら卑屈になってしまいそうだが、三井曰《いわ》く、長身の男だというから周平との肉体関係云々《うんぬん》は、たぶん、きっと、おそらく、考えられない。

考えられない、と思う。

佐和紀は重いため息を吐き出した。

いまさら嫉妬《しっと》なんてしたくない。でも、小言を聞くのが嫌で、結婚相手が男だと知らせないような相手がいるとは思わなかった。

何事にも自己流で突き進む、傲岸《ごうがん》な周平らしくない。

肉体関係の有無だけが嫉妬の原因じゃないことに気づき、うんざりした。周平が『特別』に思う相手すべてにヤキモキしていてはきりがない。

なんとか気持ちを整理しようとした佐和紀は、前方から歩いてくる男に気づいた。よほど急いでいるのか、大股《おおまた》で砂利を踏む姿は突進だ。

相手に対して大きく三歩それた。

破れたジーンズに迷彩柄のサテンシャツ。色を抜いた髪に、真っ黒なサングラスをかけている。雰囲気はチンピラだが、殺気や敵意は感じられない。何事もなくやり過ごそうと歩を進めた。

その瞬間。立ち去ろうとしていた袖を、強く摑まれた。

腕を取ろうとして失敗したのだろう。慌てて手首を摑んできた男は、その勢いでサングラスを投げ捨てた。

秋の夕暮れが広がる公園の砂利道に、乾いた音がする。

「ミオ。ミオだろ」

無遠慮に顔を覗《のぞ》き込まれる。身長は男の方が高く、チンピラ風情にはもったいない高級そうなコロンの匂いがした。

相手の顔を確かめ、佐和紀は眉根を引き絞る。

「人違いだ。離せよ」

「なんでだよ！　あのことは、怒ってねぇから！　ずっと、探してた。どっかで死んでんじゃねぇかって……。生きてたんだな」

「……人違いで、盛り上がられても」

握られたままの手首を取り戻そうとしたが、男の力は思うよりも強く、肌に食い込んだままだ。関節を締めあげるとようやく離れたが、今度は袖の上から肘を摑んでくる。

「俺が見間違えるわけがねぇだろ。惚れた女だぞ！」

「興奮すんなよ。俺は男だし！　見てわかんねぇのかよ！」

全力で腕を振り切り、相手の両肩を突き飛ばす。

「ナンパにしたって、もう少しマシな……。って、泣くなよ」

佐和紀は顔を歪《ゆが》めた。男はグズグズと鼻をすすり、手の甲で目を拭う。

「死んだって思ってたんだから、しかたねぇだろ。その格好は、なんか事情があるんだろ。おまえのことだからな」

「……頭、おかしいんじゃねぇの」

短く息を吐き、背中を向ける。今度は躊躇《ちゅうちょ》せずに歩き出す。

ミオという名前に覚えはあった。呼ばれたのは、もう十年以上前の話だ。

「事情があるなら、話してくれ。力になるから。金か？　それとも」

「しつこい、って！」

まとわりつかれて、叫び返す。

「俺は、あんたの探してる女じゃない！　男だって言ってんだろ。気持ち悪い！」

「……ほら、それだ。死ねって言わねぇの？」

「本当に、おかしいよ。あんた」

あと少しで駐車場だ。そこまで行けば、迎えの車が待っている。

「謝って欲しいわけじゃないし、金が欲しいわけでもない。なぁ、ミオ。わかってんだろ」

強引さがまるで変わらない。昔もそうだった。

強気なくせに涙もろくて、情に弱くて。場末のスナックに通い詰め、みんなからは『ゴーちゃん』と呼ばれていた。

「ちょっと！　何やってんの。離れなさい！」

鋭い女の声が飛んできて、男が怯《ひる》む。逃げ出した佐和紀は、友人と別れて追いついた京子のもとへ駆け寄った。

チンピラを痛めつけるぐらいなんでもないが、茶道教室の知り合いには見られたくない。

「……ここで騒ぎはごめんだわ」

低くなった京子の声は、佐和紀ではなく男の方へ向いていた。

「いつから宗旨替えしたの、悠護《ゆうご》」

「何の宗旨だよ」

「ただいまを言いなさい」

ピシャリと言い放つ。悠護は首に手を当て、小さく息をついてから背筋を伸ばした。

「ただいま。姉さんにおかれましては、お変わりなくお過ごしですか」

「おかげさまで」

姐《あね》さんではなく姉《ねえ》さんと呼ばれた京子は、にっこりと微笑《ほほえ》んだ。

「私の弟の悠護よ。こっちは、佐和紀」

「佐和紀？」

悠護が眉をひそめる。

「はじめまして。佐和紀です。京子さんには、お世話になっています。以後、お見知りおきを」

男の反応は見ない振りで、もっともらしい挨拶《あいさつ》を口にする。

さげた頭を戻すと、悠護は不満げな表情で口を開いた。

「姉さんが面倒を見てんのかよ。そりゃよかった。佐和紀って本名？　あっちは源氏名か」

立て板に水の勢いで、勝手に話を進め、

「なんで男の格好させてんの？　……あぁ、そっか」

一人で合点して腕を組み、くちびるを大きく歪めた。

「岩下《いわした》だろ。あのスケコマシが手を出さねぇように」

「悠護」

京子が鋭く咎《とが》める。弟を黙らせ、肩から力を抜いた。

「この子は、そのスケコマシの嫁よ。でもって、残念だけど、男なの。本物の」

「言ってる意味がわかんねぇ。ミオは、っと……、佐和紀だっけ？　この子は女だし。……ってか、男と結婚したんだろ、あいつ」

「だから、それが佐和紀」

京子から指され、佐和紀は真面目《まじめ》な表情でうなずいた。

「何、それ。ミオが男の振りして、岩下と結婚したってそういうことか」

「何言ってんのよ。佐和紀は男だけど嫁に来たの。だいたい、ミオって誰よ」

京子の問いかけに悠護が視線を送ってくる。佐和紀はうつむくことで無視を決め込む。

嫌な汗が背中に滲《にじ》み、逃げ出したいほど居心地が悪い。

でも、逃げれば認めることになる。ここは、知らぬ存ぜぬで通すよりほかない。

「姉貴も、覚えてるだろ。俺が結婚するって電話したこと！」

「したんじゃなかった？」

「してねぇって。届に書かれた名前は別人のものだったし、逃げられたって言っただろ。ずっと探してた。本人はそこにいる。俺が十年近く探してきた美緒《みお》だ」

「……佐和紀？」

京子が振り返る。

「違います」

佐和紀は顔を上げて応《こた》えた。検分する京子の目がついっと細くなる。

「違うって言ってるわ。だいたい、女が男になるわけないでしょ。ほら、胸だってないし」

「昔から、なかった！」

「……佐和ちゃん、男よね。ついてるでしょ？」

「京子姉さん」

返す言葉が見つからない。すでに真相を見抜かれていることは、細められた目の穏やかさでわかった。

「そういう質問はやめてやれよ。男だって言うなら、わかった。俺が好きになったのが男だったってことだろ？　まぁ、やらしてくれねぇから変だとは思ってたけど」

「やりもしないで結婚するつもりだったの？　信じられない！」

「しかたねぇだろ！」

思わぬことで姉からなじられ、悠護は大声で叫んだ。耳まで真っ赤になりながら、スニーカーで砂利を踏みつける。

「好きな相手から言われたら、待つしかねぇし！」

「わが弟ながら……」

京子がぷっと吹き出す。

「まぁ、見つかったならそれでいいじゃない。本当かどうかなんて、私は知らないし。ただし、佐和紀は周平さんのものよ。この子もそれを望んでる。愛し合ってんのよ。美緒って子も、十年変わらずにいるかしら？　だいたい、大金を持ち逃げされたんじゃなかったっけ？」

「しっかり、覚えてんじゃねぇかよ！」

悠護が吠《ほ》える。京子はキャッキャと少女のように笑って、佐和紀の手を引いた。

「行きましょう。いい迷惑よね。今となっては、金なんて腐るほど持ってる子よ。気にすることないわ」

昔はどうだったのか。考えると、さすがに佐和紀の頭も痛む。

十数年前、知り合いの女のために結婚詐欺をした。その相手がゴーちゃん。……要するに、悠護だ。

「知らない振りしてればいいわよ。いつまでも日本にいられる身じゃないから。それにしたって、まさかねぇ……」

笑いを噛《か》み殺した京子は、肩越しに弟を振り返った。

「周平の出方が楽しみだわ」

珍しく旦那の弟分を呼び捨てにして、華やかな横顔に人の悪い表情を浮かべた。

＊＊＊

高層用エレベーターを降りると、豪華なフラワーアレンジメントで飾られた受付が見える。ダークブラウンを基調とした高級感のある内装は周平の好みだ。

岡村《おかむら》を従えて無人の受付を通り、オフィスに続く秘書室に入る。

「おかえりなさいませ」

シックな室内に華を添える、ウェービーなロングヘアを肩に流した美女がすくりと立ち上がった。ボディコンシャスな赤いツーピースが、色っぽい身体のラインを誇張している。

「すでにお待ちでございます」

「来週の帰国だっただろう」

「そのように伺っていたのですが……」

赤い爪《つめ》をテーブルの上に添え、美女はいたずらっぽく微笑んだ。

「奥様のことはお伝えになられまして？」

質問の意図を理解して、周平は視線を岡村に向ける。

「結婚の報告はご自分でされるとおっしゃってましたので」

使えるはずの舎弟は、今日に限ってそっけない。

「詳細を聞かれなかったのか」

「……どんな人だと聞かれたので、和服の似合う綺麗《きれい》な人だと答えました」

「絶妙だな」

思わず、舌打ちしてしまう。

「言わなかったんですか」

「言えるか」

言ったが最後。国際電話だろうがなんだろうが、口うるさい説教は何時間も続き、途中で電話を切るのも後が恐ろしい。相手はそういう男だ。

一年半を乗り切って、暗黙の了解が成立したと思っていたのは、周平の願望に過ぎなかったのだろう。

「シン、用件はお前が聞いておいてくれ」

「それはやめた方がいいですよ。アニキ。余計にこじれます」

「ドリンクはコーヒーですか？　それとも、シャンパンでも？」

名ばかりの秘書が明るくウィンクを飛ばしてくる。

オフィスで待つ支倉の怒りをそらすどころか、たっぷりと火に油を注ぎ、周平が巻き込まれるのを楽しみにしている瞳《ひとみ》が微笑んだ。

支倉を筆頭に、悠護から紹介された人間は、優秀で信頼できる反面、個性が強すぎる。

「シャンパンを持ってきてくれ。行くぞ、シン」

逃げ回ったところでしかたがないと覚悟を決めた。目の前の仕事は山積みで、支倉なしでは片付かない。

岡村が開けたドアを抜け、オフィスに入る。

高級家具で揃えた室内は、受付以上にラグジュアリーだ。

応接セットの下には毛足の長い丸型の絨毯《じゅうたん》が敷かれ、天井からはシャンデリアが下がっている。壁にかけた大きなフォトグラフアートを前に重役デスクが据えられ、高級ホテルのスイートルームよりだだっ広い室内をかろうじてオフィスだと知らしめていた。

「帰国の挨拶が遅くなりまして、申し訳ありません。昨日《さくじつ》、帰国しました」

窓辺に立っていた長身の男は、ジャケットのボタンを留めながら近づいてくると、礼儀正しく頭をさげた。

「来週の予定だったな」

周平は辛辣《しんらつ》に答え、ソファーに腰かける。タバコを手に取ると、岡村がすかさずそばに寄ってきた。差し出されたライターの火を移す。

「悠護さんから連絡がありましたので、予定を早めました。連絡が行き届かなかったようで、申し訳ありません」

「しらじらしいな」

タバコをふかして、顔を向けた。

「俺に雲隠れされて困ることがあるのか」

「もちろんです。信義会の新しい構成について、承認をいただかなければなりません」

硬い口調で話す支倉は、見た目も硬い。サイドで分けた短髪をきっちりと撫で上げた彫り深い顔は、鼻筋の通った美形だ。綺麗な二重の目は、きりりとした眉との間が狭く、細面とあいまって几帳面《きちょうめん》な性格を表している。

年齢は三十になったばかりで、佐和紀と同世代だ。

「嫁が男なのは『御前《ごぜん》』も承知していることだ。悠護さんも言ってただろう？　詳細はシンに聞いてくれ」

「冗談が過ぎますよ。戸籍はどうしたんですか。相手を囲いたいがためにしては、手が込んでますね」

佐和紀の戸籍が『女』であることも、すでに知られている。

「それは元からだ。……誰から聞いた。悠護さん……。いや、星花《シンファ》だな」

中華街を根城にしている情報屋は、人探しが専門だと言いながらなんでも調べ上げてくる。

「ご名答です。男との結婚で腑抜《ふぬ》けたご様子はなく、安心しました」

支倉のポーカーフェイスは微塵《みじん》も崩れない。スタイルのいい身体にブリティッシュスタイルのスーツを着込み、腰の後ろで腕を組んで背筋を伸ばしている。

ほんの一ヶ月ほど前。中華街一帯の日本人を仕切っていた大滝組の下部組織『横浜信義会』は、裏取引の現場を警察に押さえられる失態を犯して壊滅した。

その青図を描いたのは、他の誰でもない周平自身だ。

アンチ岡崎の幹部が揃っている信義会にヘタを踏ませ、中身をそっくりそのまま、こちらの味方で再構成する算段はうまくいった。今は代理を立てていて、近日中に新しい幹部の最終調整を済ませる。だから、正業であるフロント企業の用事でアジアへ行かせっぱなしにしていた支倉にも帰国を促したのだ。

「詳しいことは飛行機の中で悠護さんから聞きました。……あなたのやることは、いつもどうして」

「わかった、わかった」

足を組んでソファーにもたれていた周平は、片手を上げて制した。

オフィスのドアが開き、シャンパンを載せたワゴンが入ってくる。引き締まった頬の支倉は、額に立てた青筋をピクピクと震わせた。

「祝いの乾杯でも」

周平がふざけると、むすっとした表情で一歩退《しりぞ》く。

「冗談じゃありません。やっと身を固めるのかと安心したら、あんな男が相手なんて！　何を承知できるんですか」

「周りはずいぶんとおもしろがってくれたけどな」

「当たり前です！　女衒《ぜげん》とまで言われたあなたが男と結婚するなんて、笑い話としてはよくできていますよ。……岡崎さんのご紹介だそうですね。さっさとお返しになってください。前々から申し上げている通り、あなた好みの女性なら私が用意します」

「嫌だよ」

周平はさらりと答え、岡村が差し出してくるフルートグラスを受け取った。足の部分のカットに意匠を凝らしたバカラのグラスはくちびるの当たりもいい。

「結婚相手は自分で選ぶ」

「岡崎さんの斡旋《あっせん》じゃないですか」

支倉の本音だ。周平は肩をすくめて、シャンパンを飲み干した。

「斡旋だろうが押しつけだろうが、惚れたものはしかたないだろう。俺が惚れたんだ。この、俺が」

くどく念を押す。支倉がぐっと押し黙った。

周平の過去や、愛人の遍歴も熟知している男は、その意味を取り違えなかった。口惜しそうにくちびるを引き結び、岡村のそばへ寄るとグラスを奪い取るようにしてシャンパンを飲み干す。

空になったグラスを顔の高さで掲げた。

「ご結婚おめでとうございます。二年か三年が限度ですね。そろそろ示談交渉の準備にでもお入りになったらいかがです」

にこやかな口調に憤りを滲ませて、辛辣に言う。

「会いもせずに嫌うなよ」

「好ましい相手ではありません。経歴を見ればわかります。警察のお世話にならなかったのがおかしいぐらいだ。案外、その手の行為で切り抜けてきたのかもしれませんが」

「……支倉さん」

さすがに岡村が声をかけた。支倉は忌々しげに睨みを利かせる。

「おまえも腰巾着《こしぎんちゃく》に甘んじて役に立たない男だ。こういうときにお諫《いさ》めしなくてどうする」

「言って聞くようなアニキじゃありませんよ。それに、出会いはどうであれ、二人が幸せならいいじゃないですか」

朴訥《ぼくとつ》とした表情で受け流す。

「見事にタラシこまれたな」

「実際、魅力的ですよ。支倉さんの怒っている理由は、佐和紀さんじゃないでしょう。アニキから話してもらえなかったことに腹を立てているんなら、自分の行動を省みたらどうですか。ヤクザの世界なんてハッタリと見栄しかありませんよ。ビジネスと同じように効率ばかり求められては、俺たちも迷惑です」

周平のことに絡め、さりげなく組での行動にまで釘《くぎ》を刺す。

「言うようになりましたね」

皮肉気に笑った支倉は周平へと声をかけ、外人のようなオーバーアクションで肩をすくめた。

「岡村の成長の方に乾杯したいぐらいです」

「すればいいだろう。シン、もう一杯だ」

言われるままに、岡村がシャンパンを注ぐ。支倉はグラスを手に持ち、周平の向かいに腰かけた。

「信義会の件については、御前も満足されています」

「悠護さんの帰国もその件だろう」

「ご挨拶に同行されるつもりかと思います。呼び出しがあるはずですから、そのつもりでいてください」

「わかってる。シン、おまえも座れよ」

周平が声をかけると、岡村もグラスを片手に支倉の隣へ落ち着いた。支倉はグラスをテーブルに置き、前のめりになる。

「仕事量を減らされているようですが、そろそろ準備を始められたと取っても？」

「嫁との時間を作るためだ」

「ご冗談を。今度の面会では、御前からもお話があると思います。お急ぎではないようですが、人材の枯渇は、どこにでもある問題ですから」

「組にいたって、別に問題はないように思うけどなぁ」

身体を斜めにしてソファーの背に肘をつき、頭を支える。

『大磯《おおいそ》の御前』と呼ばれる老人は、今や存在の在り方自体がフィクションだと言われかねない、旧式のフィクサーだ。

政府への直通電話は持たないが、警察官僚へのパイプは太く、国外諸勢力との繋《つな》がりがある。信義会の一件についても、警察に華をもたせるようにとの要望があり、裏取引の検挙をお膳《ぜん》立《だ》てした。

その見返りは、つぶしたばかりの信義会を新しく発足させることに対する警察の黙認だ。

「こちらの世界は、岡崎さんにお任せすればいいんです」

支倉が諭すように言った。

経歴について不透明なところの多い支倉は、悠護を介して送り込まれたスパイだ。でも、御前に対しての裏切り行為をしない限り毒にはならない。

実際、支倉は使える男だ。口うるさいところを見逃せば、なくてはならない存在でもある。立身を望めば、身ひとつというわけにもいかず、それは、ヤクザ社会を見ていても明らかだった。人心を掌握し、的確に使役できないなら、身体はいくつあっても足りない。

「わかってる」

その答えには満足したのか、支倉は軽く頭をさげた。そして、次の矛先は岡村に向かう。

「君にも独立心を要求するよ。そろそろ、腰巾着をやめたらどうだ」

「そういう器ではないと自覚してますので」

「謙虚さも、度が過ぎれば苛立《いらだ》つだけだな。成長したのかしてないのか、どっちですか」

聞かれた周平は、岡村を眺めた。

「成長はしてるよ。おまえの不在をカバーできるのは、シンしかいない」

「かばん持ちにしておくのは、もったいない」

「褒められてるぞ、シン」

「……正直、恐ろしくて震えが来ます」

はにかむような苦笑で嫌がる岡村の一言に、周平は肩を揺らして笑った。腰巾着と侮られることで周囲からの注目を受けないようにしている岡村はよくできた男だ。影のように付き従い、よく動く。

だが、支倉の言う通り、いつまでも今のままでは困る。

正業の投資会社の業務をアジア地区にも展開することになり、支倉が留守にすることが増えたことも原因のひとつだ。

支倉が国内にいないとなると、諸々《もろもろ》の仕切りを任せられる人間は限られてくる。だから、そろそろ国内での采配《さいはい》は岡村に任せ、周平は決断を下すだけの役割に移行したかった。

だが、よく働く反面、岡村は周平のかばん持ちの枠から出たがらない。

隣に座る岡村を眺める支倉が眉をひそめた。

「せめて、そのみっともない格好をどうにかしないか。野暮ったくて吐き気がする」

「これでも二着で五万するんですが」

いつもの切り返しをされ、支倉は真顔で周平を見据えた。

「俺のせいじゃない」

片頰を上げて返すと、支倉はますます表情をなくし、これみよがしなため息をつく。

「謙虚と不格好がイコールになるのは、日本人の悪徳ですね。好みません」

「俺に言うなよ」

「アニキ、シャンパンを注《つ》ぎますか」

あえて洒落《しゃれ》っ気のない格好を選んでいる岡村はしれっとした態度で立ち上がる。サラリーマン然とした雰囲気の裏側にある根性はかなり据わっていて頑固だ。よっぽどのきっかけがない限り、自分で選んだスタンスを変えることはないだろう。

「信義会の新しい面子《メンツ》についてですが、ひとつ問題があります」

支倉が仕事の話を切り出し、フルートグラスに注がれるシャンパンの泡を眺めていた周平は軽く眼鏡を押し上げた。

「下部組織に組み込む予定になっている芳川《よしかわ》組の報告書が上がってますが、幹部が前の信義会のシンパですね。こおろぎ組の本郷《ほんごう》が絡んでます」

思わぬ名前が出てきて、岡村がぎょっとした顔になる。

こおろぎ組は若頭・岡崎の出身組織であり、佐和紀の古巣だ。

「予定より早いですが、本郷はそろそろダメでしょう。今後の障りになると思います」

「……しばらく時間をくれ」

「即決されるとばかり思ってました。新婚ボケされるようでは困ります」

「それぐらいさせてくれよ。人生に一度の蜜月《みつげつ》だ。五年はやる」

新しいタバコを吸いながら、周平は朗らかにうそぶいた。その五年の間に、身辺は様変わりするだろう。

「ベッドの中での頼み事で、心が揺れるなんてらしくありませんよ。五年もかからず飽きるでしょうから、夜の方は好きに楽しんでいただいてかまいません。ですが、岡崎さんの今後を思うなら、下手な私情は慎まれた方がいいです。それでなくとも、悠護さんの援助がある限り、大滝組自体は生き残れます。岡崎さんの代で消えるか、地下に潜るかの選択を迫られるとすれば、あなたは早めに外へ出て、そちらの手筈《てはず》も整えるべきです」

支倉の意見はいちいちが正しい。周平は席を立ち、デスクの引き出しから『コイーバオリジナル』の箱を取り出した。一本抜き、ライターで火をつける。年代物のジッポは、盃を交わした後で、岡崎からもらったものだ。傷だらけの手触りには岡崎の苦労が刻まれている。

テーブルに腰を預け、濃厚な匂いを吸い込んだ。

大滝組を取り巻く今後の青図なら、もう頭の中でしっかり線が引いてある。ただ、実行するには佐和紀の承諾が必要だった。

おそらく支倉は猛反対してくるだろう。それが不当だと証明するには、佐和紀と支倉をぶつける必要があり、一筋縄では行かないに決まっている。

水と油のような二人だ。どちらが油になるかで大炎上も覚悟するべきだとわかっているから、少なくとも佐和紀の気持ちが整うまで、その存在を支倉に隠していたかった。

できるはずがないとわかってはいたが、佐和紀が極道者として独り立ちできるまで下手な横槍《よこやり》は入れられたくないと思う惚れた弱みだ。

そうでなくても、周平自身、佐和紀を自分の鳥かごから出す本当の覚悟を決められない。そんな弱さを、みっともないと思う一方で、人間らしさの大事な一片が残っているとも思い、周平は安堵する。

チリチリと燃えるキューバ産黒色葉の音を聞きながら、葉巻タバコの匂いを敏感に嗅《か》ぎ分ける佐和紀を思い出して笑った。シガレットバーかオフィスでしか吸うことのないシガーリーフの匂いをさせて帰ると、決まって佐和紀は鼻を鳴らしながら近づいてくる。いい匂いだとつぶやく隙《すき》をついて抱き寄せれば、いつになく素直に身を任せる。あれは猫がマタタビに酔うようなものだ。

いつしか、周平は離れでも同じタバコを吸うようになっていた。

周平のタバコが短くなり、おとなしく待っているつもりでいる支倉の視線が突き刺さってくる。言いたいことは山ほどあるくせに、押し黙っているのが不穏だ。

「こおろぎ組が泥をかぶるようなことは承認できないぞ。本郷の身辺を洗い直して、最小限の枠内で事を片付けろ」

吸い終わったタバコの火を消した。

「本郷の処分と、新しい若頭については、私の方で岡崎さんに確認を取ります。こおろぎ組に関しては、よく知りませんので」

「それでいい。ただし、報告を忘れるなよ」

振り向いて、念を押す。立ち上がった支倉は一礼で応え、

「こおろぎ組の体裁を気にするのは、岡崎さんのためですか。それとも」

すっきりとした立ち姿と端整な顔で問い詰めてきた。

女にもこれほど束縛されたことはない。どうせ固執されるなら佐和紀がいいのにと、周平はため息を飲み込んだ。

わきまえていると言えば聞こえはいいが、まったく詮索《せんさく》してこないのもつまらないものだ。女物の香水を匂わせても、襟に口紅をつけて帰っても、最近の佐和紀は少し機嫌が悪くなるぐらいで済んでしまう。

どうせ、飲み屋の女だと決めつけているのだ。もちろん、それ以上でもそれ以下でもな

い。でも、拗ねるのを通り越して怒る姿もたまには見たかった。

「弘一《こういち》さんのためにはじゅうぶんやってきただろう。……あいつのためだ。喜ばせるには、義理の親を大事にするのが一番だからな」

「そんなことのために」

支倉の表情が歪む。

「おまえなぁ……。あんまり嫉妬してると格好が悪いぞ。捨てられた古女房みたいな顔をするなよ」

「なっ！」

飛び上がりかけた支倉は、笑いを噛み殺す岡村をすごい勢いで振り返る。

「おまえとの仲を嫁に疑われるほど、気味の悪いこともないからな」

色事師と陰口を叩かれてきた周平でも相手は選ぶ。支倉が快感を得る顔なんて想像したこともなかったし、これからも絶対にない話だ。

「どんな男なのか、会えるのを楽しみにしてますよ」

負け惜しみで奥歯を噛む支倉は、行きすぎた嫉妬が憎しみに変化した暗い炎を瞳に揺らめかせる。

周平の視界の端では、煽《あお》りすぎだと岡村が責めていた。

2

母屋の台所の引き戸を開けた瞬間、出てきた男とぶつかりかけた。佐和紀はさっと身を引く。

構成員には珍しい、見るからに上等な生地で作られた三つ揃えスーツが意外だった。ブラックピンストライプに、水玉に見える飛び柄の濃紺ネクタイ。ベストは襟付きで、イタリア仕立ての周平のスーツに比べると胸板を強調したデザインだが、目の前の長身にはよく似合っていた。

「どいてくれ」

着流しの襟に手を当て、佐和紀はあごをしゃくる。

こだわり抜いたスーツの着こなしは珍しかったが、ここは大滝組の本丸とまで呼ばれる屋敷であり、台所にまで顔を出す構成員は限られている。

それに、一目見て相手が誰なのか、わかった。お互いに、だ。

「どけって言ってんだろ」

佐和紀の指示に、風紀委員の異名を持つ男が、ついっと目を細めた。鼻筋の通った美形だが、鋭い二重の瞳が神経質そうだ。

「そっちが下がればいい」

静かな声は攻撃的だった。佐和紀は眼鏡の奥の瞳を見開き、相手を睨んだ。

「顔と身体、どっちが良くて贔屓《ひいき》にしてるのか、確認し忘れたと思っていたが、具合がいいのは穴の方だな。つくりは悪くないが育ちの悪さが下品だ」

先制攻撃がピシャリと突き刺さり、佐和紀はぐっと押し黙る。

嫌いなタイプだ。学歴と手腕を併せ持ち、ヤクザなんかしなくても生きていけるのに、悪徳な世界が好きでのめり込んでいる片手間な連中。昔にやっていた美人局《つつもたせ》でも、同じようなタイプに辛酸をなめさせられた。

頭の回転では到底勝てず、言われるままにこき使われた記憶が苦い。

「酒にでも酔ってんのか。まだ宵の口で早いんじゃねーの？　大滝組の風紀委員ってのも、たかが知れてんな」

相手の肩を摑んで無理に入り口を譲らせようとすると、手を引き剝《は》がされた。そのまま押しのけられる。

「規律が必要なのは人間だけだ。ケツを掘られて喘《あえ》ぐペットまで躾《しつ》ける義理はない」

「はぁ？」

押しのけられただけでも頭に血が上っていたのに、さらに煽られ、佐和紀は殺気立った。

支倉が平然と見下してくる。

「自分の兄貴分をそこまで落とすか」

「犬に舐《な》めさせようが、鶏を溺愛《できあい》しようが、カリスマ性があれば問題はない。現に、おまえみたいなものを囲うことも許されている。それが、あの人の実力だ」

さすがの佐和紀も怯んだ。怒りが頂点へたどり着く前に毒気を抜かれる。支倉はあまりにも本気だった。

本気で、佐和紀のことを犬か鶏だと思っている。

「あんた、頭がおかしいんだな」

ぽそりとつぶやいた瞬間、支倉が一歩を踏み出した。佐和紀はとっさにカウンターパンチを繰り出す体勢を取る。

と、同時に叫び声が轟《とどろ》いた。

「ななな、なに、やってんの！」

廊下をどすどす鳴らして走ってきた三井が、タックルの勢いで佐和紀を押しのける。

「お久しぶりです、支倉さん。こちらはアニキの奥さんで」

「何が奥さんだ。ふざけるな」

支倉が鋭く言い放つ。佐和紀の前に背を向けて立つ三井は、目で見えるほどブルブルと震え上がった。

「どいつもこいつも、バカばっかりだな。これだから、ヤクザは。岩下さんが、ご自分の看板に傷をつけるのを止めもしないで」

「言って止まる人じゃないッショ」

「まともな日本語を使え。バカ丸出しだぞ」

「……はい……」

「おまえも岡村も、家畜をチヤホヤしてどうする。子どもも産めない男相手に、何の利益があるんだ。くだらない」

「家畜って……ッ。支倉さん、それはあんまりですよ！　訂正してください」

食ってかかる三井に、支倉は遠慮のない蔑《さげす》みの目を向けた。相手の劣等感を最大限に逆撫でする、嫌な視線だ。

「訂正？　冗談じゃない。……おしゃぶりの練習でもさせてやってるのか」

「ちょーっとッ！　支倉さん！」

三井が吠えた。あたふたと手を振り回し、肩越しに佐和紀を振り返る。

「姐さん、怒んなよ！　ってか、ひどいですから！　アニキに言いますよ！」

「是非、そうしてくれ。悪い遊びが収まってくれれば、それに越したことはない」

「違うッショ！　女遊びが止《や》んだのは、姐さんが嫁に来たからだっツーの！」

地団駄を踏んで訴える三井が、最後は悔しさを滲ませて唸る。佐和紀はその肩を静かに叩いた。

「興奮すんな」

「無理だろ！　ってか、あんた、何を冷静に！」

「なるな、って方が無理だ。笑えるし」

三井の肩を押しのけ、一歩進んで支倉を見上げる。

「あんたがどんなに悔しくてもな、今は俺が、あいつの下半身握ってんだよ」

自分の帯に指をかけ、ハスに構える。

「悪《わり》ぃね。犬畜生相手に盛る兄貴分に腹が立つだろうけど、ストレスは解消させてやってんだよ。まぁ、目をつぶってこらえてろよ。嫌ならおまえがどっか行け」

佐和紀のハッタリに、今度は支倉が口ごもった。

苛立ちと憎しみがない交ぜになった暗い瞳に射抜かれたが、佐和紀には痛くも痒《かゆ》くもない。劣等感を煽られ、散々搾取された昔とはもう違う。

「三井。付き合え。飲みに行くぞ」

「え？　あぁ、うん。うん」

ガクガクと首を縦に振った三井は恐る恐る支倉を見上げ、その目の前を通り過ぎた。佐和紀は振り返らずに母屋の玄関から外へ出る。

他の構成員に運転手を頼んで、連絡のついた石垣《いしがき》と合流してから繁華街の裏路地にある焼き鳥屋へ向かった。奥にひとつだけある座敷を使っていた中年のサラリーマンと交渉して、注文伝票と引き換えに席を譲ってもらう。

まずは『とりあえずのビール』を頼んだ。飲み干す間に三井が石垣へ成り行きを説明する。金髪を短く刈った石垣は舌打ちをして、苦々しい顔つきでジョッキのビールを空にした。

「なんだ、それ。許せないな」

黒いシャツに金のチェーンネックレスをジャラジャラとつけている。見るからにチンピラだが、根は高学歴の好青年だ。

「俺はほとんど接点ないんですよ。噂《うわさ》を聞いたら逃げますから」

「やり方がせこいよ。タモッちゃん」

三井が生ビールのおかわりを頼み、石垣も便乗する。佐和紀は焼酎《しょうちゅう》の水割りを頼む。

「しかたないだろ。あの人、本当に意地が悪いから。ケンカになるって」

「そっかぁ？」

「バカは人間じゃないと思って話すだろ。でも学歴は飛び抜けてるらしいですよ。悠護さんの紹介だって話だし。あ、これはシンさんから聞いた話で、オフレコ」

思わず言ってしまったのか、石垣は苦い顔で肩をすくめた。

突然出てきた名前に、佐和紀はびくっと肩を揺らした。表情を隠すように、顔に手のひらを当てた。重いため息をつく。

とんでもない再会の後は、京子が取り繕ってくれた。弟を紹介がてらに三人で食事に行く予定だったのを変更して、佐和紀を屋敷に帰らせ、弟と二人だけで出かけたのだ。

「あれが、周平の右腕？」

届いた焼酎をぐいっとあおる。世話係の二人は首を傾げた。

「まー、そうなるのかな」

「シンさんが右腕だって言う人もいますけど」

三井に続いて、石垣が言う。

「どっちだよ。右手が二本もあんのかよ」

佐和紀が笑うと、石垣も笑顔になる。

「いやー、アニキですから。二本も三本もあると思いますよ。仏像みたいにわらわらと」

「シンが前に、右腕は自分じゃないって言ってたけどな」

「それなら、シンさんが言う右腕は、支倉さんのことですね。最近は海外にいることが多いので、組の連中は喜んでますよ」

そう答えた石垣が、ふと静かになり、真顔で見つめてくる。

「大丈夫ですか。今度、何かあったら、殴っていいと思いますよ」

「おいおい、タモッちゃん。あの人、腕っぷし強いよ。合気道やってたって噂だし」

「でも、アニキの手前、やり返せないはずです。暴言を吐くのも、アニキがいないところでだけでしょう。まー、アニキがいてもガラッと態度が変わるような人じゃないと思いますけど」

「いいよ、なんでも。興味ない」

佐和紀はそっけなく答えた。それよりも問題は悠護の方だ。

とにかく、周平には知られたくない。

女の振りをしてホステスをしていたことはバレているが、その上に結婚詐欺までやったなんて、どうせありもしない妄想を掻きたてるだけだ。こおろぎ組の幹部連中との『取引』でもバツが悪いのに、その上、京子の弟とも過去があったと思われるのはいたたまれない。

誰よりも真剣に好意を寄せてくれていることも知っていた。世話になったホステスのための金を借り逃げすることになったのは、正体を言うに言えなかったせいだ。男だと明かす方が傷つけそうで、それなら恨まれて消えたかった。

でも、その一方で、騙《だま》すしかなかった気持ちを悠護はわかってくれると、そんな愚かな期待を持っていたのも事実だ。

聡《さと》い周平だから、それぐらい心を許していたことを見逃すわけがない。たとえ口に出さないとしても、周平の心にはわだかまりが残るだろう。

それに気づく自信がないからなおさら、悠護との仲は知られたくないのだ。

「佐和紀さん？」

石垣の声で我に返る。ビールを飲み干した三井が、はぁっと息を吐き出した。

「家畜ってすごい嫌味だよな」

「そんなことを言われたんですか！」

色めき立つ石垣が席を立ちかけ、三井が慌てて肩を押さえる。

支倉との会話を思い出した佐和紀は、片眉を跳ね上げて笑った。

「タカシのナニをしゃぶってんじゃないかって、言ってたしな」

「ちょい、姐さん。タモッちゃんを煽るのやめろよ。このまんまカチコミ行きそうだよ。内部抗争なんてシャレになんないから！」

「おまえさー、俺がさせろって言ったらさせる？」

「はぁ？」

ひっくり返った声で叫んだ三井が目をしばたたかせた。

「うーん」

ひと声唸ってから、こくこくと首を縦に振る。

「最終的には、してもらう、よな」

その瞬間、後頭部に石垣の平手が炸裂《さくれつ》して、のたうち回る。結果は火を見るより明らかなのに、懲りない男だ。そんな三井を、佐和紀は笑って眺めた。

「バカだねー、おまえは。嚙み切るっつーの」

「そういう理屈じゃないじゃん！　やるか、やらないかって話だろ！」

「だから、あの男に嫌味言われるんだよな」

石垣がため息をつく。運ばれてきた焼き鳥を手に取り、佐和紀はふいに湧《わ》いて出た疑問を口にした。

「犬に舐めさせるってのはわかるんだけど、鶏を溺愛って、どういうこと？」

ビールを飲んでいた二人が時間差で吹き出す。それぞれ別の方向を向いていたが、盛大にむせた。

「あの人は～」

「ほんっと、最低だな！」

何がどう最低なのかは、落ち着いた二人がさらりと説明して片がつく。本当に最低だなと口にした佐和紀は、支倉が食らったであろう『佐和紀との結婚』の衝撃度合いを推しはかる。

自分の兄貴分がニワトリと性交していると知ったぐらい、この結婚を汚らわしく思っているのだ。あの神経質そうな美形は。

「まぁ、違わないな」

一言で片づけ、佐和紀はおかわりの焼酎を頼む。

「そこは違うって言いましょう」

石垣が静かにつぶやいた。

＊＊＊

二軒三軒とはしご酒をして、高級クラブで周平のツケにしたところまでは、記憶もはっきりしている。酔っぱらいの三井と次はどこへ行こうかと相談している間に、石垣が呼びつけた迎えの車が来て、乗り込んだところからあいまいになった。

後部座席で寝落ちして、誰かに担がれて離れに戻ったはずだ。すでに日付は変わっていたのか。眠りの中で周平の声を聞いた。

揺すられたが起きる気になれず、服を脱がされてあれこれされた気がする。

寝込みは襲うなとあれほど言ったのに約束を破った周平も泥酔していたと知ったのは、ついさっきだ。鼻を摘《つま》んでも起きないほど熟睡している身体に布団をかけ直した。

二人とも全裸だったが、最後までやった形跡は佐和紀の身体にもない。

リビングに出ると岡村が書いたメモが残されていて、周平の予定が午後までは入っていないとわかった。重しの代わりに置かれていたウコンドリンク二本のうち一本を一気飲みしてシャワーを浴び、まだ重だるい頭で着物を選ぶ。

嫁入りした当初は季節を通して十数枚しかなかった長着も、今では倍以上の枚数になった。特に増えたのは夏の着物と浴衣《ゆかた》だったが、秋冬物も数枚作ってもらっている。着ないままに季節が変わり、夏を越したものもあるから、今年の冬は作らなくてもいいと思うが、周平は首を縦に振らないだろう。

着道楽な旦那は、選ぶことも贈ることも好きで、佐和紀の着物を頼むついでに出物があると聞けば、京子のために買っておいたりする。そういうところが本当にマメでそつがなく、贈られる京子からはいっそう嫌われる。

周平と京子の関係は反発し合う磁石のようで、少しずらせば重なり合うが、真正面からだとまったく近づかない。

でも、贈り物はしっかりと受理され、京子が多用することも珍しくなかった。

そんな二人を思い出して笑いながら、佐和紀は片貝木綿の長着を出した。酔いの残る身体には、肩肘の張らないものがいい。ゆるく着付け、兵児帯《へこおび》を結ぶ。少しは目が覚めた。

寝室に戻り、襖《ふすま》も障子もドアも開け放って、アルコール臭の漂う空気を入れ替える。身じろぎひとつしなかった周平もようやく寝返りを打ち、パチリと目を開いた。

「おはよう。もう、昼だけど」

そばに寄って膝《ひざ》をつくと、手のひらが伸びてくる。

「昨日、やったのか」

全裸で寝ていると気がついたのだろう。声がかすれている。

「そういうことを聞かなきゃいけないほど飲むなんて珍しい」

「付き合わされたんだよ。ここの家のチンピラに」

と言って、起き上がる。佐和紀は枕元《まくらもと》の盆を引き寄せて、グラスに水を注いだ。周平は一気に飲み干し、おかわりも空にする。

「って、おまえは悠護さんを知らないか」

「昨日、紹介してもらった。京子さんに」

佐和紀の心臓は小さく跳ねたが、態度には微塵も出さずに見つめ返す。

「そんなこと、一言も言ってなかったけどな。どうりで絡んでくるわけだよ。俺の嫁が思った以上の器量良しで、それが気に食わないってところだな」

くちびるが短く重なり、佐和紀は視線をそらした。理由はきっと他にもある。だけど、口には出せなかった。

京子に言い含められ、悠護が黙っていたのならありがたい話だ。

「午前中は予定がないって、シンのメモが残ってた。ってことは、午後はあるってことだろ？　そろそろシャワーを浴びて、腹に何か入れておいた方がいい。もらってこようか」

「いや、昼飯より……」

抱き寄せられ、兵児帯の結び目をほどかれる。

「周平っ。窓が……」

「声が聞こえれば遠慮するだろう」

「聞かれるだろ！　ちょっ、待っ、おいっ」

あっちもこっちも開けっ放しになっている部屋で、布団の中に引きずり込まれた。

「着たばっかりなのに」

長いキスで目眩を覚えている間に脱がされ、すっかりその気になった身体にため息をつく。額にずり上げられた眼鏡を取られ、周平が枕元のティッシュケースについている引き出しを開ける。

「今日は中でだ」

周平が眉根を引き絞る。腰の昂《たか》ぶりへと、佐和紀が手を伸ばしたからだ。

「ガチガチだし」

その上、今にも暴発しそうに先端が濡れている。

「おまえの夢を見てた。感じてる声はじゅうぶんに聴いたから、こらえていいぞ。シンに聞かれたくないんだろ？」

引き出しから取り出したジェルを指に出し、勝手なことを言いながら卑猥《ひわい》に笑う。部屋を吹き抜ける風が爽《さわ》やかで、それが余計に背徳感を誘っていた。

「もっ……、バカだろ」

そうとしか言えず、佐和紀は身をよじった。布団をかぶったまま、横向きになるように促され、庭へ向くと、周平が背後に寄り添ってくる。

指がスリットの奥に触れ、佐和紀は息を吐いた。まだ入り口を触られただけなのに身体が震え、息が乱れる。

「期待してるくせに、減らず口だな」

「んっ」

ジェルを塗りつける指がうごめいた。入り口を開き、内壁をこする。こらえた声の代わりに、息が鼻から漏れ、それすらこらえると息苦しくなってしまう。

「あ、あぁっ……」

息を吐き出す瞬間に、指が奥まで入った。

「慣らしぐらいはやったらしいな。まだ、ほぐれてる」

昨晩の自分の行為を褒めるような発言に文句をつけたかったが、佐和紀の身体はそれどころじゃない。自分の使っている枕を隣の布団から引っ張り寄せた。

「はっ、あ、ぁん」

枕に顔を伏せてしがみつくと、意地の悪い動きでこすられ、喘いでしまう。感じない振りもできるし、拒絶だって許されている。

でも、開け放った戸を気にしながら背中に感じる周平の温かさは、脳内を蕩《とろ》けさせるほどにいやらしくて、指の動きにも気持ちよくなってしまう。

「あっ、いやっ……」

自分でも恥ずかしいぐらいに甘い声が出る。

胸の小さな突起をこねられ、身体がビクンと跳ねた。同時に後ろが周平の指を締めあげ、余計に刺激が走る。

「あ、あぁっ……んっ！　そんな……やっ……だ」

佐和紀の身体が痙攣《けいれん》するとわかっていて、なおも執拗《しつよう》に周平が胸をいじった。

「聞かせるのがもったいないぐらいだな」

エロい、と小さくささやかれ、佐和紀はのけぞった。自分の股間《こかん》に手を伸ばす。

「乳首と後ろをいじられてイキたくなったか？　一緒にイクほうが気持ちいいだろ？　たっぷり出してやるよ。後で、ちゃんと掻き出してやる。心配するな」

「……やだって……ぜったい、いや」

出された後始末を頼むと、ろくなことにならない。

イッた直後の佐和紀の身体は何倍も敏感になり、中に出されたものを掻き出す行為でも、たまらないほどに火がつく。

「……んっ」

指が抜け、別のものがあてがわれる。

これが欲しいか、とか、いらないのか、とか聞いてこないのは、こじれたことがあるからだ。あんまりにも羞恥《しゅうち》を煽られれば、佐和紀だって頑《かたく》なになる。

時間があるときならいいが、ないときには、決まって周平がダメージを食らう。

「痛いか」

甘い声が耳の後ろをくすぐり、強引に貫きたいのをこらえていると想像するだけで佐和紀の喉が鳴る。

太いものをねじ込まれていく感覚の卑猥さに震えたが、同時に身体中の意識がすべて、そこへ集まっていく気がした。

膨張した先端がぬめった内壁をこすり、腰にじわりと快感が滲む。

「はっ、ぁ、……んっ、はっ」

揺すり上げられて乱れる息は抑えようがなく、佐和紀は片手で枕にしがみついた。

奥をリズミカルに突かれるたび、身体が弾んで、自分の手のひらに先端がこすれる。

「あぁっ、ん！　……はぁっ、ぁ、しゅうへい……っ」

意味もなく責めるように名前を呼んだ。じれったいほどの快感が募り、どうしたらいいのか、わからなくなってくる。

頭の片隅では、外から来る誰かに聞かれるかもしれないと繰り返し思うのに、ふとした瞬間に理性が飛ぶ。

「奥……っ」

小さく叫んで、佐和紀は喘いだ。奥歯を噛んで耐える。

「このあたりだろ？　でも、そんなに保《も》ちそうにない……。声、出してもいいんだぞ」

「ばかっ……、ばか、ばかっ」

髪を振り乱して繰り返すと、周平が笑う。

その息が熱っぽく首筋をかすめ、佐和紀は腰をよじった。中に当たる角度が変わり、新鮮な快感を得る。下腹部が重だるく、じわじわとした感覚が肌の内側を埋め尽くす。

「中でいいからっ……早、く……っ。ん、んっ」

声を出したくて目眩がする。もっと感じたいのにままならず、泣きたいほど苦しい。

佐和紀の言わんとしていることを理解した周平が、身体を起こして繋がったまま覆いかぶさった。浅い体勢で腰を振り、時間をかけずに射精する。

まだイケていない佐和紀は、楔《くさび》を抜く周平の腕を掴んだ。

片手を首に巻きつけ、キスをねだる。

「イキたい……っ」

「風呂《ふろ》でな」

佐和紀の額にくちびるを押しつけた周平に抱き起こされる。シーツを身体にかけられ、そのまま風呂まで抱き上げて運ばれた。

もちろん、風呂場での声も外には漏れる。でも、本来なら人の通らない場所だ。足を踏み入れている人間がいれば、狙《ねら》っている以外の何物でもない。

そんな風呂場でもう一度押し込まれ、立ちバックで二度イかされた佐和紀は、満足げな笑みを浮かべる旦那を居間のソファーの上から寝転んだままで見送った。

性欲を満たしてやれば、いつも以上に凜々しくて逞《たくま》しい周平が、どこか疎ましい。入れられる方は腰が立たなくなるのにと思いながら、住み込みの構成員見習い『部屋住み』の少年が持ってきた昼食を食べた。

後は暇つぶしに映画を見る。ラブシーンでうかつにも腰が疼き、いっそう周平が恨めしくなった。

出かけるまでのわずかな時間。佐和紀の隣に座り、ずっと指に髪を絡めていた。その甘いひとときが心地よくて、昨晩、支倉と会ったことを言い忘れたと思い出す。

でも、石垣たちから伝わるだろう。そう考えて、その日は一日中、だらだらと過ごした。

夕食を終えた後、同じ敷地内にある大滝組長の自宅へ棋譜を返しに行くと、ついでに一局と誘われる。世間話をしながら大逆転で負け、佐和紀はもう一回と言いたいのをこらえて引き下がった。

日付が変わるまで一時間もない。静かな母屋の廊下を歩くと、網戸の向こうから虫の音が響いてくる。夜の冷気がひしひしと忍び寄り、秋が深まっていることを実感した。また冬が来ると思う佐和紀は、周平との祝言を思い出し、苦々しくくちびるを曲げた。

いい思い出じゃない。だけど、一生忘れることのない記憶だ。

しんしんと降る雪と赤い椿《つばき》。新婦を見ない新郎と、宴に漂っていた初夜への勘繰り。

足を止めて物思いに耽《ふけ》る佐和紀の背後で、いきなり障子が開く。人の気配に気づいた佐和紀は、伸びてきた手をとっさに叩き払った。

「いってぇ！」

声は下から聞こえ、相手がしゃがんだとわかる。

薄明かりの中で目を凝らすと、真っ暗な和室の中に悠護がいた。

「……すみません」

大滝組長の息子として扱い、声をかける。悠護は顔をしかめて唸り、

「いってぇよ！　あいっかわらず、容赦のよの字もないな」

「大丈夫ですか？　折れてないと思うけど、冷やした方がいいかも」

氷をもらってきますと声をかけ、早々に立ち去ろうとした佐和紀の裾を、悠護が遠慮なくむんずと摑んだ。

「待って」

「離してください」

裾を引き戻そうとしたが、相手は本気で摑んでいる。襟元が崩れた。

「あんた、いい加減にしろよ！」

揉み合いになる前に足が出た。佐和紀に蹴《け》られた悠護は、着物から手を離し、おもしろいほどごろりと後転する。

「うわっ！　なんだよ！」

佐和紀は驚いて叫んだ。相手は京子の弟で、組長の一人息子だ。頭を打ってないか、首は大丈夫かと、内心はかなりのパニックになりながら和室に足を踏み込む。

その瞬間に、足首を摑み払われた。とっさに受け身を取った腕がびりびりと痺れる。

「殺すぞ！」

怒りが脳天に達して叫んだ佐和紀は、

「殺せるものならな」

低い声に挑発されてくちごもった。『立場』という言葉が脳裏をよぎり、そんなものに絡め取られている自分の人生を遠いものに感じる。

悠護といたあの頃、自分は何にも縛られていなかった。

でも、それが寂しくて、一人ぼっちで。

「おまえの過去ぐらい、二、三日もすれば割り出せる。今の俺にはな。そうやって知った方がいいのか」

のしかかろうとしてくる身体から逃げる。肘と足で後ろに下がると、壁に肩が当たった。悠護は余裕ありげな顔で、静かに廊下の障子を閉めた。豆電球だけが点《つ》いた和室は薄暗い。

「なぁ、美緒。認めてくれればいいんだ。そうすれば何も、何ひとつだって岩下には言わない」

「……何の話だよ。俺は男だし、美緒なんて知らない」

「男ってのは本当らしいな。周平もそう言ってた」

気安く下の名前を呼んだ悠護の手が、立ち上がろうとする佐和紀の両脇《りょうわき》をふさぐ。

昨日、周平を泥酔させたのは悠護だ。

「まぁ、十年近く経ってんだし、お互いにいろいろあるよな」

「顔が、近い……っ」

今にもキスしそうに近づいてくる悠護のあごを、肘で押し返した。ついでに、手のひらで目いっぱい遠ざける。

「痛い、痛い。美緒ちゃん、痛いって！　ほんと、そーいうとこは変わんないのなー。キスひとつで照れちゃってさぁ。目を閉じてくれなかった最初のキスとか、結婚の約束したときの舌の感触とか。何回も思い出したよ。なんで、がっちり抱きしめさせてくれないのかなって不満だったけど、まぁ、そうだよな。勃起《ぼっき》してたら、一発で男ってわかるもんな」

「……」

「あのとき、本当は何歳？　二十歳《はたち》過ぎてるなんて嘘《うそ》だろ。なぁ、美緒」

「違うって……」

「……ことにしたいんだよな。それはわかったから。周平はド変態だからな、自分の持ち物に泥がついたとなれば何をしでかすかわかんねぇよな。まー、特に、お仕置きという名の、淫乱《いんらん》濃厚プレイ？　もう、経験済み？　……あれ。やっぱ、そーいうんじゃねぇのか」

「何が」

声をひそめ、佐和紀は眉根を絞る。

「んー、あのエロ変態が純愛なんて、チャンチャラおかしいって思ったんだけど。あるのかー。マジで。すげーな、おい」

ゲラゲラっと笑った悠護は、佐和紀の瞳を覗き込むと、急ににこりと口角を引き上げた。

「悪いこと言わないから、あいつが本気出す前に元サヤに戻りなよ。離婚して、俺のとこへおいで」

佐和紀はポカンと口を開き、探しても見つからない言葉をそれでも無理やり声にしようとした。でも、パクパクとくちびるが動くだけだ。

「美緒でも佐和紀でも、どっちでもいい。好きな方で呼んでやるし。女でも、男でも、それだって、なんでもいい。……生きててくれて、マジで嬉《うれ》しいから」

見つめてくる悠護の瞳に囚《とら》われ、佐和紀は息を飲み込んだ。

浅い呼吸のせいで、胸が苦しくなる。

結婚してくれるなら。約束してくれるなら。

そう言った悠護の顔を思い出す。今よりももっと若く、髪は変わらず茶色で、軽薄に笑うくせに、瞳の奥には芯《しん》の強さを秘めていた。

セックスもせずに大金を用意して、持ち逃げされるとわかっていたはずだ。あのとき、分厚い封筒を手渡した悠護は、早く戻ってこいよと言った。親の入院費用を支払って、戻ってきたら一緒に役所へ行こうと言った。

絶対に、逃げるとわかっていたはずだ。

「ゴー……、悠護、さん」

「いいよ、ゴーちゃんで」

間違っただけだと、言いかけた言葉は喉に詰まった。

「あんなぁ、美緒。相手が誰であっても、おまえを見つけた以上は俺のものにするよ。おまえが、男でも。……騙されたってさ、おまえが満足するならそれでいいって、ずっと思ってた。今も、そうだ」

「じゃあ、あきらめればいい……。今、幸せ、だから」

声が小さくなったのは、悠護が苛立ちを露《あら》わにしたからだ。舌打ちしたかと思うと、佐和紀の腕を掴む。

「ごめん。そーいう、寛大さはない。しかも、相手が周平じゃ信用がならない。知ってんだよ、俺は。あいつがどういう男か」

「……」

「俺とのことを知られるのが嫌？　誤解されるから？」

「……」

「ホステスしてたこと？　それとも、俺のこと、忘れてなかったこと……？」

「うぬぼれんな」

思わず、笑う。その顔を見た悠護はどこか安心したような穏やかな目になり、佐和紀は居心地悪く視線をそらした。

「ホステスやってたことは知られてる。俺は……、あんたみたいな男は知らない。今は岩下佐和紀で、さっきからヘンタイヘンタイって連呼されてる男と結婚もして、いろいろ変だけど、楽しいよ。だから、もう変な言いがかりはやめて欲しい」

「……やっぱ、俺とのことは全否定か。……まー、そうだろうねー。美緒ちゃん、昔からツンデレだもんねぇ」

「それから。あんまり周平の悪口言ってると、京子さんの弟だろうが、許可取って半殺しにするからな」

「許可取んの？　マジメだなー」

「冗談じゃないから」

胸を腕で押し返し立ち上がる。すぐ隣にある障子を開けた。

「美緒。周平に『あの話』はしたのか？　横須賀を出るときに、置いてきたトモダチの話」

廊下へ出た佐和紀はビクリと肩を揺らした。

「してねぇんだなぁ。あれも嘘か？」

黙ったまま、佐和紀はくちびるを噛んだ。

「おまえが、殺したかもしれない男だろ。探してやるよ。どうなったのか、はっきりさせてやる」

悠護が歩いてくる。街でふんぞり返るチンピラのような小汚い格好をしていても、人をまっすぐに見つめる瞳の鋭さには凄味《すごみ》がある。イキがっているだけの不良にはない『本物』の怖さだ。

ヤクザの家に生まれた血なのか。くぐり抜けてきた修羅場で鍛えられたのか。それはわからない。

でも、佐和紀の本能がゾクリと震える。

「何をしてるんだ、佐和紀」

呼ばれて勢いよく振り向く。今、一番、現れては困る男だ。

ネクタイをはずした三つ揃え姿の周平が立っていた。

「おー、帰ってきたのかぁ？」

わざとふざけた声をあげた悠護は、ふらふらっと和室から出てきて、そのまま佐和紀の肩を両手で抱き寄せた。

周平の眉がピクリと動く。

「やめろって、言ってんだろ！　ゴーちゃん！　おまえは！」

慌てふためいて叫んだ瞬間には理解できなかった。

苦虫を嚙みつぶしたような周平の顔に気づき、そろりと悠護を見る。

「テンパるからだろ、佐和ちゃん」

「あっ！」

ガツンと頭を殴られたような衝撃を覚え、そのままの勢いで悠護の顔を殴りつける。身体が勝手に動いた。

「佐和紀っ！」

驚いた周平が声をあげる。

痛みに顔を歪めた悠護は、それでも、佐和紀から引き出した昔の呼び名に喜んでニヤニヤ笑う。

「悠護さん。俺を騙しましたね」

スーツの裾を跳ね上げて、スラックスのポケットに両手を突っ込んだ。周平の眼鏡が、廊下の明かりを反射して光った。

「騙してねぇよ。本当のことを言わなかっただけだ。なー、佐和ちゃん」

姉である京子と同じ呼び方をしたのは、『美緒』の話はしないという意思表示だ。なれなれしくするなと言いかけた言葉を飲み込み、佐和紀は悠護を押しのけた。

「昔の知り合い。あだ名しか知らないから、顔を見るまで気づかなかったんだ」

周平に、嘘をつく。悠護はますます笑っているだろう。

振り向かずにいると、やっぱり笑い声が聞こえた。

「周平さぁ……。自宅っていっても、離れの風呂場であれはないだろ。裏を通れば聞こえるんだから」

「てめーは、何をやってんだ！」

眉を吊《つ》り上げた佐和紀は、ドスドスと床を鳴らして戻り、軽薄ににやついている悠護の襟を締めあげた。

わざわざ裏に回らない限り、風呂場のそばには道もない。

「あれはもともと、俺の家だぞ。あっちの離れが姉貴なんだから、こっちは俺に決まってんだろ。久しぶりに見に行って、何が悪い」

　佐和紀にガクガクと揺さぶられながら、あははは一と能天気に笑う。

「もう何年も、敷居をまたがなかったくせに、よく言いますね」

　周平の声は冷静そのものだったが、冷淡を通り越してトゲトゲしい。佐和紀でさえヒヤリとする恐ろしさを秘めていた。

「敷居はまたいでないも一ん。裏から入ったしぃ一。お一い、佐和ちゃん。そんなに揺らしたら、気持ちよくて出ちゃうからぁ」

「殺す！　ぶっ殺す！」

「変わらねぇなぁ！　綺麗な顔して物騒なんだから。かわいくてたまんねぇよ」

　両手首を掴まれ、引き寄せられて後ずさる。近づくくちびるから目いっぱい顔を背けた。

「あんな声出しちゃってさぁ。覗けなかったけど、二回も抜いたわ一。ははっ、一緒にイッちゃった」

　キャハッと笑われて、佐和紀の何かが切れた。顔をぐいっと元へ戻し、のけぞった体勢から勢いよく頭を突き上げる。

　ゴッッと鈍い音が響き、間髪入れずに拳《こぶし》を振り上げた。

「そこまでっ！」

　周平に腕を掴まれ、ギラつく目で睨みつける。

「落ち着け、佐和紀」

と言われても無理だ。フーフーと怒り狂った動物のように息を吐き、佐和紀は廊下を踏み鳴らした。

「悠護さん、人が悪すぎますよ。久しぶりに会った友人に、そういう態度はどうなんですか。それに、佐和紀は俺の嫁です」

「あー、それ、それ」

顔をしかめて鼻をすすった悠護は、おもむろにTシャツを脱ぎ、口に溜まった血を吐き出す。

「嫁とかそういうの、気にするタイプじゃねぇから。周平も、いまさらないだろ？　山ほど人妻を寝取ったくせに、俺のだけはダメなんてさー、お子さま？」

垂れてくる鼻血を丸めたTシャツで拭う。

「もう散々やりまくったんだろ。もうすぐ二年か？　頃合いじゃねぇか。もらって帰るから、離婚届書いとけ」

「……義兄《ぎけい》以上の横暴さですね」

「岡崎は歳《とし》だろ。まー、おまえもな。どうせ近い将来、性欲減退するんだし？　若い俺に譲っとけ。っていうか、返せ」

「返す？」

睨み合う二人の間に入り、佐和紀は周平の袖を引いた。

「真剣に聞くなよ。もう、いいから」

「俺と結婚してくれるって言ってたんだ」

悠護の言葉に、周平はちらりと佐和紀を見る。それから静かに息を吐いた。

「子どもの頃の話でしょう。佐和紀は男ですよ」

「……その男と結婚してんだろうが、おまえは」

「欲しいものがなんでも手に入ると思ってるんですか？　……ヤクザ、舐めてるのか」

周平が唸るように言い、鼻血を押さえる悠護も声にドスを利かせた。

「誰の資金でシノいでるのか、よくよく考えてモノを言えよ」

一触即発。まさしくそんな状況の中で、佐和紀は思わず声に出してため息をついた。睨み合っていた二人が振り向く。

「ゴーちゃん。あんたもじゅうぶんに子どもだから心配すんな。俺は男だから、あっち行ったり、こっち行ったりしねぇの」

「俺に惚れてたくせに」

Ｔシャツで口元を隠す悠護から恨めしげに見られ、佐和紀は肩をすくめた。

「あれは嘘ついた。ごめん。金もちゃんと返す」

「利子ついてるから、そうそう返せる額じゃない。っていうか、あれは貢いだだけだから、いらねぇよ」

悠護の目は問いかけ続けている。知りたいことはただひとつ。あのときの佐和紀が、少しでも自分に対して好意を持っていたのか。それだけだ。

「俺は、なんにも変わらないまんま、おまえが好きだ」

「知らねぇって」

周平にどう思われるかを考えるといたたまれない。

その場から逃げだそうとした佐和紀の腕を、悠護が引き止めた。

「周平のいいようにされてるからって意固地になるな。快楽に流されたからって、なじったりしない。……愛してる」

振り返った体勢のまま、佐和紀は固まった。

過去をひとつ、思い出す。

生ごみが腐敗した臭いに吐き気を催す裏路地で、悠護は同じように言った。まだ若かった佐和紀は、今よりもっと、恋や愛がわからず、真剣な言葉のすべてを嘘くさいと思ったのだ。

すべてを受け止めると言われ、心は確かに動いた。動いたからこそ、飛び込めば変わってしまうすべてを恐れて逃げもした。

「し、知ってる……」

声が震えた。周平の前なのに、知られたくないのに、嘘もごまかしも思いつかない。

あの日の寂しさはこおろぎ組での暮らしが埋め、そして、周平がふさいでしまった。いまさら、悠護には何も渡せない。

「でも、嫌だ」

「……ムカつくぐらい、かわいいな。十年待ったんだから、あと何日かは我慢できる。だからな、周平。あきらめねぇよ」

佐和紀の肩を掴み、周平の方へと押し出しながら、悠護は宣戦布告を口にする。

「せいぜい、残された時間を有効に使えよ。本気を出せば、確実に嫌われるだろうけどな。……佐和紀、さっきの話、何かわかったら知らせる」

最後の一言が、周平に対する本当の牽制《けんせい》だ。悠護はあっさりとその場を後にした。残された静寂の中で、虫の羽音だけが澄んでいる。

「いつの知り合いだ」

「……十年ぐらい前」

「おまえはいくつだった？」

「……じゅう、ろく、ぐらい……」

うつむいたまま、答える。周平の手が伸びてきて、佐和紀はびくりと肩を揺らした。

頭を引き寄せられ、素直に身体を預けた。感触のいいスーツ地が頬に当たり、安心感でため息が漏れる。

「十六のおまえを、あの人は知ってるってことか」

舌打ちした周平の腕が背中に回り、ぎゅっと強く抱きしめられた。自分より年下の男を『あの人』と呼ぶ。

そこに、周平と悠護の関係性が見えている。

「……そこの部屋で何をしてた？」

周平の問いかけは静かだった。

「着物、乱れてるぞ」

「う、疑って」

「ないとは言えない。あれだけ煽られたしな。よりにもよって、悠護が間男なんて、最低だ」

「間男ってなんだよ。何もしてない」

「薄暗い部屋に、二人でいたんだろう」

腕の中で見上げると、周平の目にじっとりと見つめ返される。

「詳しい話は、離れで聞こうか」

肩を抱かれ、先を促された。

「誤解だから。あんなの、嫌がらせをされただけで、あることないこと言ってんだから」

「佐和紀」

渡り廊下で、周平が足を止める。腰に回った手が、帯を解いた。

「な、に、して……ッ」

「『あること』って、なんだ？」

周平の目が据わっている。暗くどんよりとした感情が、精悍《せいかん》な目つきを艶《なま》めかしくさせ、佐和紀は痺れる感覚に両足を踏ん張った。

そうしていなければ、腰が砕けて、崩れ落ちそうで。

「十六のかわいいおまえが、どんなふうに結婚を約束したのか。じっくりと聞かせてもらおうか。言いたくなくても……身体に聞く」

着物を開かれ、襦袢《じゅばん》の上から乳首を撫でられる。

「……ん」

ジャケットにしがみつき、覆いかぶさってくる周平のキスを受けた。嫉妬混じりのそれは濃厚で意地が悪く、佐和紀は身をよじりながら爪先《つまさき》立つ。

濡れた唾液《だえき》の音と、高鳴る心臓の音が混じりあって聞こえ、他の音がすべて遮断されてしまう。

気づいたときには、蝙蝠《こうもり》と雲をあしらった襦袢一枚で布団の上に転がり、呼吸ができなくなるほどのキスで胸を弾ませていた。唾液がくちびるを濡らし、肌を伝って髪を濡らす。

たまらずにすがらせた両腕を、周平の片手が拒み、頭上で縫いとめるように拘束した。

「あっ……んっ」

もう片方の指が、襦袢越しに乳首をこねる。かすかな刺激はたまらないほどの快感に変わり、熱を帯びていく下半身をよじらせた。

「んっ、ふ……んっ」

周平のくちびるが指を追い、布地ごと小さな突起を吸った。舌が這《は》い、じれったく愛撫される。

ジャケットとベストを一緒くたに脱いだ周平は、まだシャツとスラックスを着込んでいた。佐和紀の襦袢は身をよじるたびにどんどん乱れ、自分から身体をさらけ出すように開いていく。

「はっ、ぁ……ッ！」

ハラリとずれ落ちた布地から露わになった乳首を、周平が舌先で転がす。

それだけで腰は跳ね、佐和紀は背中をしならせた。乳首への愛撫を求めるような格好だと気づいたが、つけられた欲情の火が強すぎて羞恥が溶けかかる。

でも、『舐めて』とは言えなかった。

頭の片隅には悠護のことがあり、宙に浮いた話が引っかかり続けている。あんな話を覚えているとは思わなかった。

いつ話したのか、佐和紀も忘れていたぐらいだ。

横須賀を逃げるようにして出たとき、佐和紀は一人の友人を犠牲にした。もしかすれば、彼が殺されるかもしれないと知っていて、言われるままに見捨てたのだ。

ただ、自分のことが大事で……。

「おまえのことだ。セックスは結婚してからとでも、言ったんだろう」

佐和紀の胸に顔を伏せ、周平が言った。生温かい息が、唾液で濡れている肌にかかる。それは次第に冷え、心細さを覚える前に、また舌が絡む。

絶妙のタイミングに翻弄《ほんろう》されて、佐和紀は小さく喘いだ。そのたびに腰が浮き、快感は熱っぽく蓄積して渦を巻く。

「それとも、真似事《まねごと》ぐらいはしたのか。十六なら、十年以上前だろう。悠護は二十歳を過ぎたぐらいか」

自分より上の立場にいる悠護を呼び捨てて、周平は皮肉気に笑った。

「真似事以上をやれなかったとしたら、朝の盗み聞きで、内心は怒り狂っただろうな」

「……も、いいだろ……」

そう訴えると、周平の視線が佐和紀へと向いた。

「本気で言ってるのか？」

「んっ」

乳首を摘まれ、揺すられる。こらえた息を甘く漏らし、佐和紀は旦那であり恋人でもある周平を見つめた。

そうしようと思わなくても瞳が潤んでしまうのは、蓄積された情欲が溢《あふ》れそうになっているからだ。

頭の中には今までのセックスで覚えた行為が渦を巻き、めくるめく情交を妄想させる。

「幹部とのあれこれを見逃してきたんだから、悠護のことも見逃せって言うのか？」

「子どもの、頃の話だ……」

「おまえはな。でも、相手は違う。その上、今でも『愛してる』って言っただろ。……おまえが男に、どんなふうに命を懸けさせるか、俺は知ってる」

「……俺はっ、んっ……ん、あっ、あ……ッ」

舌と指で乳首を執拗にいじられる。ピリッとした痛みが走り、嫌だと思った直後に甘い感傷が名残を引く。

「あ、はっ……あ、あっ」

ひとしきり、佐和紀は欲望を貪《むさぼ》った。手を拘束していた周平のもう片方の手も胸へと移り、コリコリとリズミカルにこねられて、キスをねだる。

舌先は甘く絡み、スラックスに包まれた膝が、足の間に割って入った。股間が触れ、佐和紀はたまらずに身を寄せる。

「……そんなにこすりつけたら、いやらしいシミが残るぞ」

耳元にささやかれて睨み返した。させてるのはおまえだと、無言で文句をつける。

「俺はいいんだけどな。スーツの一枚ぐらい、おまえのザーメンまみれにしたって」

そう言って、指先で佐和紀のボクサーパンツのゴムをずらす。

布地を濡らすほどに高まっていた先端が飛び出した。待ち構えていたような動きに羞恥を覚え、佐和紀は顔を背けた。でも、周平の手のひらに戻され、ディープキスと一緒にささやかれる。

「俺のスーツでイッていいぞ」

羞恥心に嫌悪感が覆いかぶさり、カッとなった身体がビクビクと震えた。怒るより先に、周平が身体を寄せ、先端が高級布地に触れる。

「やっ……だっ」

声が喉でひっくり返り、自分でも最低だと思えるほどに甘くかすれた。

「……やっ、……や、ん、んっ……ぃやッ……」

強い声は出せなかった。周平の太ももにこすり上げられて蹂躙《じゅうりん》される屹立《きつりつ》は、佐和紀の理性を裏切る。そんなものがあったのかどうかも、思い出せなかった。

覆いかぶさってくる周平からはいつもの香りがして、その中に深く混じり込んだ体臭を嗅ぎ分けると、佐和紀の興奮はさらに募る。

柔らかなスーツ地は佐和紀の分身に寄り添い、その向こう側の引き締まった肉づきが押しつぶそうと迫ってくる。

「だめっ……あ、あっ！　やっ……で、でる、から……ッ」

シャツにしがみつき、引き寄せた。ぎゅっと閉じた目をかすかに開く。

佐和紀は自分から顔を近づけた。あきらかに嫉妬している周平の、いつもとは違う意地の悪さが胸に詰まる。

言い訳をいくら重ねても、本当のことを打ち明けても、今はダメだろう。嫉妬は、怒りとは違う。

「周平っ……、あ、あぁッ……ッ」

「もう、太ももに感じるぐらいに濡れてきた。いやらしい動きですりつけて……。俺のスーツを汚していると思うと、燃えるだろ？」

耳を舐められ、舌がぐるりと入り口をなぞる。

「う、くっ……」

濡れた音にぞくりと震えた腰は、すでに止まらなくなっていた。自分からこすりつけ、佐和紀は首を左右に振る。

「も、やっ……ぁ」

少しずつ溢れ出た体液が布地に広がり、こらえたいと思うほどに腰は制御を失っていく。

小さく何度も達して、涙がまなじりを濡らした。

「大人になったよなぁ、佐和紀。自分からこすりつけて、何度もイクぐらいだ」

意地悪く笑う周平が自分のシャツを脱ぐ。その下から出てくるのは、青い地紋の上に咲き誇る鮮やかな牡丹《ぼたん》の花だ。

「あっ、はっ……ぁ」

乱れた息を繰り返しながら伸ばした佐和紀の手は、自分の下半身へたどり着く前に払われた。

「まだ、早い」

くちびるの端をかすかに上げ、色っぽく笑った周平がベルトをはずす。下着ごとスラックスを脱ぐ。周平のそこは、根元からぐんと太くそり返っていた。

思わず喉が鳴りそうなほど立派なモノを見せつけられ、肘で身体を支えた佐和紀は浅い息を繰り返す。

開いた足の間にうずくまった周平が、佐和紀の付け根に指を這わせる。その瞬間、佐和紀は相手の思惑がわかってしまった。

ただで済むはずがない。急所を握られ、その先端に口づけが落ちた。感じやすい場所をねろりと舐められ、身体を起こしていられなくなった佐和紀は横たわり、両腕で顔を覆った。

びくっと震えたのと同時に、腰の奥からうねりが突き上げる。

声を噛み殺しても、喘ぎまではどうにもならない。

泣きたいようなせつなさが胸で渦を巻き、射精の勢いに翻弄された息を繰り返す。周平はなおも先端へ吸いつき、萎《な》えていない肉身をじゅるりとくわえ込んだ。

「あ、はっ……く……」

やわやわと優しく舌が這う。搾り取られたばかりの性器は、休む間もなくくちびるでしごき立たされた。そして、肩に担がれた片足の、その付け根の奥にある襞《ひだ》が指先にくすぐられる。

周平の指を濡らしているのは、佐和紀の残滓《ざんし》だ。飲み下され、それでも残った精液のぬめりを借りて、周平の指が出入りする。

「う、んっ……」

半勃《はんだ》ちでしかなかったものを強制的に立たせ、周平は口での愛撫を続けた。しごかれ、食《は》まれ、舐められる。舌はあらゆる場所をたどり、根元の袋まで念入りになぞられる。

佐和紀が声をこらえても、息をひそめても、周平は咎めない。夢中で舐めしゃぶられるのがいっそう恐ろしく、何か声をかけようと思ったが、無理だった。喉で息が詰まり、すべてが蕩ける吐息にしかならない。

「あ、はぁ……、あ……ん……」

舐められる場所によって快感の度合いが違うことも、想像もつかない場所に思わぬ快感が潜んでいることも、すべては周平に教えられた。何度も舐められ、吸われ、しゃぶりつくされて泣かされてきたのだ。

それを今夜もやるつもりだろう。

最後には、ぐずぐずに泣き崩れると知っていて、だ。

「気持ちよさそうだな、佐和紀」

野性味のある男の表情で身体を起こした周平が、口元を拭いながら言う。佐和紀は目を細めた。

フェラチオよりも、後ろを指でいじられるよりも、猛《たけ》りを隠さない目で見つめられた瞬間が焦《じ》れる。せつなく高まる情感が腰を揺さぶるように駆け上がり、身体なのか胸の奥なのか、自分でもわからない場所が痛んだ。

だから、たまらずに奥歯を噛んでこらえる。

「きもち、いい……」

強引にイかされるわけじゃないと気づき、佐和紀は安心してため息を吐いた。

「トロトロだな……。おまえも、おまえのここも」

そう言いながら、周平の太い指が抜ける。

何かを言い返す余裕もなく、佐和紀は呼吸を整えた。まったりとしたフェラチオでふやけそうな股間はまだ先を求め、その奥の場所も、もっと激しい何かを待ちわびている。

こういう身体になったんだな、と、佐和紀はしみじみ感じた。

恥ずかしさに身を揉み、せつない快感に腰をよじらせて、それでも、もっと気持ちよくなれると知っている。

嫌じゃなかった。相手は周平だ。求められるなら、きっとなんでもしてしまう。それを褒めてくれるなら、『いやらしい』とささやかれても嬉しいだけだ。

だから、十六歳のときの感情はただの寂しさだったと、それさえもわかる。

「その頭の片隅に残ってる、おまえの記憶が吹っ飛ぶぐらい、もっといやらしく愛してやるよ」

佐和紀の足を閉じさせ、その太ももの間に差し込んだ手は濡れていた。ぼんやりしている間にローションを取ったのだろう。そういう類《たぐい》のものは、すべて枕元のティッシュケースの引き出しに保管されている。

「ん……っ」

横向きになった足の間に、硬い棒状のものが差し込まれた。

「あ、はっ……ぁ」

ゆっくりとした動きで、濡れた太ももが犯された。先端は一差しごとに移動して、やがて佐和紀の裏筋をなぞる。

「うっ、ふ……っ」

ぞくりとした。激しい動きじゃないからこそ、じりじりといやらしい。

「佐和紀。あんまり男を騙すものじゃない。そうだろ？」

弾む息をこらえながら話す周平は、穏やかな口調さえ卑猥だ。そして、じっくりと、佐和紀の過去を責めてくる。

「こういうことをされなかった幸運を、もう少し考えろよ」

「むかしのっ、こと……だ」

「終わったことか？　じゃあ、聞くけど、本当にこういうことさせてないんだろうな」

「してないッ……」

「終わったことで怒ったり嫌ったりはしないから、本当のことを言えよ」

「だから、……してないっ、てっ……」

「どうだろうな。おまえも、案外、嘘をつくからな」

そう言われてどきりとした。

「京子さんに紹介されたって、言ったよな？　その時から、昔の知り合いだってわかってたんだろう」

「……ちがっ、そうじゃなくて。さっき、その話をされて。それで思い出して」

しどろもどろになったのは、意識がどうしたって足の間にある昂ぶりを追いかけるからだ。ずりずりと肌をこすられ、そこじゃないと言いたくなる。

こすられたいのは、もっと敏感で、もっと柔らかな場所だ。

言い訳が行きづまり、佐和紀はくちびるを尖《とが》らせた。

「嘘ぐらい、周平だって」

直情的なのは欠点だ。言ってしまってから、そう思った。

足の間から逞しいナニが抜かれ、ハッとした佐和紀は転がされる。うつ伏せになった腰を引き上げられ、

「んっ！」

ぐいっと押し込まれた親指の太さに息を詰めた。

そのままぐりぐりと動かされ、入り口とも出口とも言えない場所の筋がほぐされる。淡く摑みどころのない快感がじわじわと寄せ集まり、シーツを摑んで額《ぬか》ずいた。

「あっ、あっ……やめっ！」

抜いては入れられ、入れられては抜かれ、ローションが行き渡った襞は高く腰を上げた体勢も手伝って緩む。

そこへ熱を帯びた切っ先が押し当たる。硬さがぐりぐりと尻《しり》の間を突き、佐和紀は息を吐き出した。

「なん、でっ」

まだ挿入はされなかった。つるんと滑ったそれは、再び太ももの間へと押し込まれる。

「周平だって、何だ」

「あ、あっ」

横向きになっていたときとは違う角度で、周平の先端が佐和紀にこすれる。もうじゅうぶんに焦らされた身体は挿入を望んでいた。満たされない感覚に腰が揺れる。

力強い指に腰を摑まれ、素股のピストンをされた。

「あ、あぁっ……あ、あ」

「素股でイくか、佐和紀」

「なんでも、いいっ……。気持ちい……ッ。あ、あっ」

目眩がした。指でいじられ、性器で煽られ、何がなんだか、わからなくなる。

額で身体を支えて薄く目を開くと、視線の先には自分のモノがあられもなく見え、動きに翻弄された先端から先走りが滴っていることに気づく。

周平の手が伸びてきて、握り込まれるともうダメだった。声にならない声が喉に詰まり、佐和紀はシーツをぐしゃぐしゃにした。

「あっ、あっ」

激しく射精した勢いで腹筋が痙攣して、声が乱れる。涙が出た。

「んっ！　あッ、あぁッ！」

シーツを摑んだ指ががくがく震え、苦しさから逃れたくて声をあげる。その間も周平の手は佐和紀を揉みしだき、快感を長引かせた。

「あっ、ん、あ、あ……ぁ……はっ」

全身の硬直が緩まっても、シーツを摑んだ指の力は抜けない。周平の指はさらにいたずらに動き、佐和紀をのけぞらせた。

あとは泣き声にしかならない。気持ちよくて、辛《つら》くて、たまらなくて、泣きじゃくって名前を呼ぶ。

「周平っ、周平っ……」

挿れてと叫び、何を、と返される。間髪入れずに淫語を口にした。男だから、別に恥ずかしい単語じゃない。

でも、それを自分の身体に押し込んでほしいと頼むのは、羞恥だ。

「どこに？」

意地が悪いと拗ねる余裕はなかった。

「穴、に……も、焦らすなっ……」

唸りながら揺する腰を、力強い両手で押さえられる。逞しい男の指が、佐和紀の尻の肉を揉みながら開く。

「聞かせてやれよ。佐和紀」

そこに先端があてがわれ、佐和紀は腰をよじらせた。飲み込んでいく身体は火がついたように熱く、内壁を押しひろげて進む逞しさに喘ぐしかない。

「あー……っ！　あっ、あっ、あぁッ！」

下腹が震え、短く何度も叫ぶ。

周平のつぶやきの意味も分からず、そんなことよりももっと名前を呼んで欲しいと思う。ひと突きごとに泣き声をあげ、焦らされた身体に与えられる快楽を貪った。それがより声だとわかっていても止められず、泣きながら声を振り絞る。

息を乱す周平の声に満足げな響きが混じり、佐和紀の身体はいっそう満たされた。

「周平っ、好き……っ。好き、好きっ……」

シーツにしがみついていた手を引き剥がされ、ぐるりと身体が回転した。引き抜かれた楔は浅い場所を何度もえぐり、あおむけになった佐和紀を嫌というほどよがらせて奥をこする。

「あ、あっ。……あっ」

腕を伸ばせば手が返ってくる。指が絡み、舌が這い、キスがくちびるにも落ちる。

すがりついて、胸に入った牡丹の刺青《いれずみ》に額を押し当てた。代謝の悪い刺青の肌もしっとりと濡れ、佐和紀は絵に埋もれそうな周平の乳首を吸った。呻《うめ》いた周平が笑う。

仕返しに意地の悪い腰の動きをされ、佐和紀はのけぞりながら髪を掻き上げた。周平の背中に腕を回す。

「……エロ、い、動き……」

「嫌か」

「やじゃ、な……っん。あ、あっ」

「イくか、佐和紀」

優しい声が耳を犯す。そこから身体中に毒が回り、淫乱さに拍車がかかる。

それはもう、お互いのどちらもが同じだから、恥ずかしがる必要も隠す必要もなかった。激しく奥を突かれ、佐和紀は素直に腰を回す。周平が眉をひそめ、佐和紀は奥歯を嚙んだ。あとはただしがみつく。

「あ、来るッ……、も、くるっ」

ガクガクと震え始めたのは肩だ。

「あ、あっ……あっ」

後ろ髪を鷲摑《わしづか》みで引き寄せられ、もっと奥へ入ろうとする腰の動きに、最後の糸が切れる。甘い嬌声《きょうせい》をあげて身体を揺らし、周平の吐精を身体の奥で受けた。敏感になった身体は、射精の勢いで揺れる性器の動きにさえ激しく感じて、収まりかけてはビクビクと腰が揺れる。

「んー、んっ!」

そのまま、もう一度イかされそうになって、佐和紀は身をよじる。でも、許されなかった。まだ硬さのある周平に奥を突かれ、引いた波がまた戻ってくる。

泣きながらよがる顔をじっくりと見られて、恥ずかしいより腹が立った。それもまた、労《ねぎら》うような優しいキスに艶めかしくなだめられる。

ぐったりと倒れ込んだ身体から熱が引き抜かれ、ものさびしさに手を伸ばした。

「んで……デカく、すんの……。違うから」

甘えてみただけだと言ったのに、微笑んだ周平には却下された。甘えついでに体勢を変えられ、浅い動きでもう一度泣かされる。残り火を焚《た》きつける動きは、佐和紀を深く満たした。

「よりにもよって、どうして悠護なんだ」

すべてが終わった後で、佐和紀を乗せた布団を縁側へ引きずり寄せた周平がぼやく。後ろから抱き起こしてもらい、腰砕けでへにゃっとなりながらタバコをくゆらせた。

「岡崎もあいつも、変わらない。……おまえ以外は」

開け放った窓から入ってくる風が涼しい。

「おまえのそういうところが男殺しだ」

周平が耳に噛みついてくる。危ないとたしなめて、佐和紀は肩を揺らした。

「周平のことは殺さないよ。惚れてて欲しいだけだし」

「惚れてる。キリがないぐらい……」

そう言いながら伸びてくる手を払いのける。

「今日は終わり。ほんと、キリがない」

身体をよじって睨みつけた。でも、長くは続かない。タバコを周平にも一口飲ませ、佐和紀は笑いながら自分のくちびるに戻す。

頭の中が真っ白で、もう何も考えられない。そんなときでも、隣にいるのは周平だ。

安心して、刺青の刻まれた胸へともたれかかった。

3

激しい行為の翌日は、起き上がるのも億劫《おっくう》だ。

それでも、生理現象は止められない。寝室の乱れ箱の中からプレスの効いた浴衣を取り出して羽織り、重だるい腰に舌打ちしながらトイレへ行く。

その後で洗面所へ入ると、すでに寝室から消えていた周平がシャワーの真っ最中だった。まだ、そんな時間かと思う。

待つ間もなく水音が止まり、ドアが開く前にバスタオルを手に取った。

「チェンジ」

言いながら差し出すと、濡れた髪を掻き上げた周平が笑う。今日も濃厚すぎるぐらいに男っぽい。眼鏡をかけていないと垂れ流しになる色気が難点だ。

「洗ってやるから来い」

手首を掴まれ、素直にバスタオルを置いた。帯を解き、浴衣を脱ぐ。

「足腰ヤバいから、もう絶対ダメだから」

「最近、ダメばっかりだな」

笑う周平は嬉しそうだ。

「おまえが言わせてんだよ」

おはようのキスをかわし、セックスの名残を流し落とすシャワーの水流に身を任せた。去年の冬に取り換えたシャワーヘッドは、水の出方を選ぶことができて佐和紀もお気に入りだ。

「中に残ってないか、確認してやろうか」

「そんな長いこと入ってたら、腹がくだるだろ。ばぁか」

「じゃあ、新しく飲みたい頃だな」

「そっちは、口じゃねぇんだよ」

くだらないやりとりをしながら、香りのいい泡を肌へこすりつけられる。そっと胸を撫でられ、睨みつけた。

指先にかすめられた突起が疼く。

摑まらなければ立っていられないほど疲労が溜まっている自分の腰を労《いたわ》り、佐和紀は静かに息をつく。

「……足りないの？」

泡を洗い流してくれる周平の股間に目を向けた。

「裸のおまえを前にして、無関心でいられるほど倦怠期《けんたいき》じゃない」

「……どうせ、昨日のことでも思い出したんだろう」

「そうだな」

微笑んだ周平に見惚《みと》れる。大きな手のひらが、佐和紀の首筋を撫でた。そのまま肌を伝い降りて、そっと握られる。

「立ってられないから、本当に勘弁してください。それよりも、髪も洗ってくれない？　汗かいたからさー」

言いながら椅子《いす》に座る。立っているのは、さすがに腰が辛い。何をするのも億劫で、座ると肩の力が抜ける。

周平に髪を洗ってもらい、タオルで水気を取ってから、脱衣所へ出て浴衣に袖を通した。さっぱりすると、晴れやかな気分になったが、身体はまったく回復していない。

これから着替える周平を残してリビングへ行くと、新しい取り合わせの男が二人、ソファーに座っていた。

そのうちの一人が立ち上がる。岡村だ。

腰を浮かしかけた支倉は、相手が佐和紀だとわかるとソファーへ戻って足を組み直した。わざとらしいため息で、岡村の挨拶を掻き消してしまう。

「夫よりも遅く起きてくるとは、いいご身分ですね。さすが、若頭の縁故は違う。女だったら、どっちの子どもが生まれるか、わかったものじゃない」

鼻で笑われ、佐和紀はポカンと口を開いた。

あきれ顔で支倉を見た岡村が挨拶をやり直し、朝のドリンクには何がいいかと聞いてくる。オレンジジュースと答えて、佐和紀は横長のソファーの上にあぐらを組んだ。

支倉からぎろりと睨まれる。行儀の悪さを目の敵にするのは風紀委員らしいが、佐和紀は気にも留めずに岡村からグラスを受け取った。

「シンは仲がいいの？」

「いえ、三井や石垣よりも仕事で絡むことは多いですが、プライベートでの付き合いはありません」

「おまえは真面目だから、怒られることもなさそうだな」

「そうでもありませんよ」

ジュースを飲み干し、グラスを返す。

「周平からはなんて呼ばれてんの？」

「上の名前ですね」

「ふぅん。下の名前は、なんていうの」

佐和紀が声をかけると、支倉から鋭く睨まれた。

「どうでもいい話でしょう。それはそうと」

支倉が鉄皮面のまま口を開く。何を言い出すかとひやひやしている岡村を笑った佐和紀は、次の言葉を待った。

「悠護さんとはどういう関係だ」

見つめてくる瞳は冷徹で、佐和紀が嘘をつくと決めてかかっているようだ。察した佐和紀は、わざとふざけて小首を傾げる。

「あんたが想像してる関係とは違うけど……」

ピクリと浮き上がるこめかみの血管を、佐和紀はソファーにもたれかかって眺めた。肌が薄いのか、血管が太いのか。それともよっぽど佐和紀の存在が疎ましいのか。

間違いなく、最後の一点だと思いながら、佐和紀は開きかけたドアへ目を向けた。

「佐和紀に余計な口を利くなよ、支倉」

入ってきた周平は、支倉へと大股に近づき、その肩を叩く。

岡村にコーヒーを頼み、これみよがしに佐和紀の隣へ座った。しかもぴったりと寄り添い、肩に腕まで回してくる。

「やめろよ。小姑《こじゅうと》みたいな顔した男が睨んでるだろ」

手をはずしながら言うと、周平が吹き出した。コーヒーを用意するシンも笑いをこらえ、支倉の血管がますます浮き上がる。

「いくら家の中でも、舎弟の前ではもっとましな格好をするようにおっしゃったらどうですか。あまりにひどい」

「そうか？　まぁ、今朝《けさ》は特別だよな」

ゆるい襟元を覗き込もうとしている周平の顔を、佐和紀は押し戻した。

「今朝？　もう昼ですよ。忙しく働かれているあなたはともかく、そっちはきちんと起きて、内向きのことをすべきでしょう」

「俺だってちゃんとやってるよ。昨日は周平より俺の方が大変だったっつーの」

朝と夜のダブルヘッダーだ。こんなことは滅多にない。

「支倉、そんな古めかしいことを要求するなよ。家事をやらせるために嫁をもらうわけじゃないだろう」

岡村からコーヒーを受け取った周平は、ソーサーを手に持ったまま、カップを口元へ近づけた。

「でも、嫁なんですよね」

冷たい目をした支倉は、口調を抑える。

「嫁だよ」

周平がはっきり答えた。

「セックスだけが仕事の相手を、そんなふうには呼びませんよ」

「当たり前だろ。それなりに、家のこともやってるよ。外にも働きに出てるしな」

「舎弟の後をついて回ることを仕事とはいいません！　いいですか。性的な相性が理由なら、それらしく外で囲えばいいじゃないですか。それを、こんな……」

「朝からうるさいな、支倉」

周平はあきれたように息をつく。

「朝じゃありません！」

エキサイトした支倉が前のめりになる。

「俺が起きたら、そのときが『朝』なんだよ」

周平から威圧的な声で言われ、支倉の端整な顔立ちに苛立ちが滲む。

「仕事の話がしたいなら、後にしてくれ。寝起きで頭が回らない。外で待ってろ」

ぐっと押し黙った支倉が勢いよく立ち上がる。

背筋の伸びた長身はスタイルがいい。目で追いかけた佐和紀は射抜くように睨まれた。

怖いわけではないが、関わると厄介そうで視線をそらす。

「外に出すことないのに」

支倉が出ていった後で言うと、周平は軽く肩をすくめてタバコをくわえる。

「それはおまえがまだ、あいつを知らないからだ」

静かに笑い、岡村が差し出すライターで火をつけた。

ほうじ茶の入った湯呑《ゆの》みを佐和紀のそばへ置き、石垣が盤上を覗き込む。

「それで、アニキは仕事をここへ持ってきてるんですか」

質問は、佐和紀と対局している岡村へ向けたものだ。

「支倉さんは嫌がってたけどな」

苦笑いで応える岡村の声を聞きながら、佐和紀はそれだけではないだろうと思った。昨日の今日で、周平が一番警戒しているのは、支倉のいびりではなく悠護の行動の方だ。

それを二人に言い出せず、パチリと駒《こま》を置いた。置いてからハッとする。

「あ、ごめん。これは……」

間違えたと言う前に、岡村が次の手を打った。

「たまには勝たせていただきます」

「そんなに、たまでもないだろ。あー、間違えた。もういいよ。負けだろ」

「あきらめが早いですね」

「こんなところに置くような集中力じゃ、どうにもならねぇ」

ほうじ茶を飲み、勝負はあきらめて縁側を下りた。

石垣が岡村にも茶を勧めているのが聞こえる。もらうと答えているのを聞きながら、佐和紀は庭の隅を眺めた。夏の間に茂った葉が秋色に変わり、ちらほらと落ち始めている。庭はもうすっかり秋の気配だ。

そこへひょっこりと現れた男を、佐和紀は軽い仕草で追い払った。そんなことで踵《きびす》を返す相手じゃないことはわかっているから、のこのこと入ってくるのをさらに睨みつける。

「何の用だ」

「ご機嫌伺いに」

軽快な声で答えた悠護が縁側に目を向ける。お茶の用意をしていた石垣は固まり、岡村は縁側から下りて頭をさげた。

「俺にもくれよ」

「勝手なことを言うな。シンも、縁側へ上がれ。……いつもは顔を出さないんだろ」

海外で暮らしている悠護は、仕事の関係で帰国しても、実家である大滝組の屋敷には寄りつかないらしい。だからこそ、京子も外で会う約束をしていたのだ。

「堅いこと言うなよ」

派手な柄のシャツで身体を寄せてきて『美緒ちゃん』とささやかれる。肩を殴ろうとした拳を掴まえられ、頬をバチンとひっぱたいた。

「昔の知り合いだから、気にするな」

驚いている石垣と岡村に声をかけて縁側へ戻ると、悠護がひょこひょこと追ってくる。

「周平は？」

「奥で支倉さんと仕事をしてます」

答えるのは岡村だ。

「なんだよ。外で働けよ。なぁ、そう思うだろ？」

「思わない」

佐和紀はそっけなく答えた。タバコケースを帯から取り出し、隣に座ろうとした悠護を押しのけて灰皿を置く。

「何、吸ってる？」

タバコを抜かずに佐和紀が尋ねると、悠護は色落ちしたジーンズの後ろポケットに手を回す。派手なシャツを盛大に開いた胸元にジャラジャラとネックレスがついていた。

洋服の傾向は石垣と同じだが、二人の雰囲気は違う。見比べれば一目瞭然《いちもくりょうぜん》だ。石垣にはなけなしの上品さがあり、悠護は徹底的にスレている。

顔を知られていなければ、屋敷の門も事務所の入り口も通れないだろう。襟付きのジャケットを着ても浮つく、完全なるチンピラだ。

悠護が出したタバコは、佐和紀の知らない銘柄だった。パッケージも日本語じゃない。

「一本ずつ交換しないか。佐和紀のも、俺にちょうだい」

言われて、ケースを向けた。佐和紀は両切りのピースだ。

お互いのタバコを交換して、石垣が向けてくるライターで火をつける。悠護はフィルターのないタバコに臆《おく》することもなく、深く吸い込んだ。

「これは、周平の趣味じゃないよな」

タバコを指に挟んで遠ざけ、悠護は静かに紫煙を吐き出す。

「着物は？」

「組長の勧めで」

「あぁ、こおろぎ組の……。そうなんだってなー。こおろぎ組から、うちに嫁に来たとはねぇ。相手は俺でもよかったわけだよな」

「そんなわけ、ないだろ」

もらったタバコをふかして睨む。辛い口あたりで、舌にピリピリと刺激が残る。

「着物に、将棋に、ピースか。昔から古風だとは思ってたけど、極まってんなぁ。嫌いじゃない」

「好きにならなくてもいい」

「いや、そこはもう、好きだから」

悠護ははっきりと口にして、わざわざ世話係の二人にも視線を送る。

「俺、昔っから惚れてんだよ」

「いちいち、言うことでもないだろ」

「否定、しないんですね」

石垣がぽそりとつぶやき、佐和紀は睨む気力もなく、あきれ果てる。

「否定しなかったらなんだよ。うっせぇよ」

「……アニキが出かけなかったわけですね」

岡村が立ち上がり、悠護が手のひらを額に押し当てた。

「あ、ヤブヘビ。呼びに行かなくていいから。仕事してるんだろ？　俺は、佐和紀に話があって来ただけだし。それに、余計なことで話を中断させると、支倉がうるさいだろ。黙ってろ」

支倉の名前を持ち出された岡村はしぶしぶと座り直す。

「と、いうワケで、今夜、食事に行こう」

灰皿越しに手を伸ばされ、佐和紀はわざと悠護の顔へ向けて煙を吹く。

「どうして？」

しらっとして問い返すと、眉をひそめた悠護が煙から逃げてのけぞった。

「積もる話があるだろう」

「交換条件が『離婚』じゃ割に合わない。一晩ってのも、俺のやらない商売だ」

昔の友人の話だと気づいた佐和紀は前を見たままで答えた。視界の隅で、悠護はかすかに肩を揺する。

「アレを見た後じゃ、言えねぇよ。毎晩、あんなエロいことやってんの？」

思わぬことを言われ、煙が喉に詰まる。咳《せ》き込んだ佐和紀は目尻に浮かんだ涙を拭った。

「ノゾキが趣味なのかよ」

「いやー、周平の顔がさ、見ればわかるって感じだったから」

どこからどこまで見られていたのか。昨晩のあられもない姿は、思い出すのも辛い。

「どうせ、周平の仕込みなら味見したいとか思ってんだろ。ゲスい」

言い放った佐和紀はタバコを揉み消し、石垣の淹《い》れたほうじ茶を飲む。話せば話すほど、過去の記憶が甦《よみがえ》り、悠護はこういう男だったと思い出す。

それは同時に懐かしさを呼び起こし、佐和紀はふっと笑った。女だと嘘をつかずに出会えていたら、どんなに楽しかっただろうと、あの頃だって何度も考えていたのだ。

「大事にされてんだなって思って、安心したんだけど？　あの男に負けてるなんて思ったことないから。今は誘わないけど、試したくなったらいつでもいいよ」

セックスで奪える自信があるのか、悠護は余裕の笑みを浮かべて片膝を抱えた。

「男と寝る気なんかない。バカだろ」

「久しぶりに会って、すぐに関係を求めるほど軽く見てないよ。だから、デートに誘ってるわけで。な？　俺とデートしよ。まずはそこから」

「何が、そこからなのか、まったくわかんねぇよ。人妻をデートに誘うな」

「俺が知らないうちに、人妻を誘ったら死刑になる法律でもできたか？　まぁ、日本の法律なんか知らねぇけどな。じゃあ、デートって表現をやめてやるよ。旧交を温めに、親睦会でもいかがですか。佐和ちゃん」

「それもやめろ」

相手をするのがだんだん面倒になってきて、適当にあしらう。

「佐和ちゃんは、けっこう暇してんだろ？　俺、毎日、顔を見に来るから」

「まったく暇じゃないですよ」

懲りずに顔を寄せようとしていた悠護が動きを止める。割って入ったのは、周平の声だった。

「食事なら、俺も行きます。それから、佐和紀は今日から別宅へ移ります。ここへ足を運んでも無駄ですよ」

「おまえなー。そこまですることないだろ。ただ、顔を見たいって言ってるだけだ」

悠護が周平を仰ぎ見る。

「それで済むんですか？　そうじゃないことは、よく知っているつもりです」

「佐和紀の前で、さりげなく悪口を言うのはやめろよ。俺だって、おまえの暴露ネタは山ほど持ってんだからな」

縁側に立っている周平が、かすかにたじろぐ。佐和紀は世話係に声をかけた。

「向こうへ移る準備でもするか。タモツ、シン。手伝ってくれ」

その背中に悠護の声が飛ぶ。

「佐和ちゃん！　旦那連れでも、舎弟連れでもいいから、今夜は付き合ってくれ。いいな、周平」

「嫌です」

「うっせぇよ」

「嫌です」

石垣と岡村を従えた佐和紀も周平を真似る。

口惜しそうに顔を歪めた悠護はぎりぎりと奥歯を噛み、こらえきれないようにブハッと息を吐き出した。

「あぁ、もう！　何言ってもかわいいな！　好きだわ、やっぱり！」

大声で叫ぶのを聞いた瞬間、佐和紀の両際に立った石垣と岡村が唸る。声の低さで悪態だとわかったが、小さすぎて何を言っているのかまでは聞き取れなかった。

＊＊＊

すっかり夜の帳《とばり》が下りた山下《やました》公園を抜けると、イルミネーションの輝く氷川丸《ひかわまる》が見えた。

佐和紀が一番好きな、横浜の夜景だ。

海沿いのフェンスまで行き、後ろを追ってきた岡村が両手に持っているテイクアウト用のココアを受け取った。

「グラタン、おいしかったな。あの店は、また行ってもいい」

夕食は、岡村のチョイスで老舗《しにせ》のレストランだった。気取らない店内の雰囲気もよかったし、料理の味も佐和紀の希望に合っていた。

「おまえ、そのスーツ、似合ってないよな」

フェンスにもたれる佐和紀の前に立った岡村が、テイクアウトのコーヒーカップを片手に顔をしかめた。

「そうでしょうか……」

「なんていうか、野暮ったい？」

「あまりキメたスーツを着る立場じゃないので」

「……そーいう問題、なのか、な……」

ココアをゆっくりと口に流し込み、佐和紀は動かない船を眺める。

「支倉のスーツ見て思ったけど、仕立てのいい服は人間を五割増しに見せるよな。あんなムカつく男でも、かっこいいなって思う瞬間があるだろ？」

振り向くと、岡村は驚いたように目を丸くした。佐和紀だけを見ていたのだろう。振り向くとは思っていなかった顔に苦笑が浮かぶ。

「横顔に穴が開きそうなんだけど」

「すみません」

「いいスーツ着て、ばしっとキメたらいいのに」

「五割増しですか」

「おまえはそのままでも、いい男だよ。働き者で真面目で……。でも、なんかもったいない。支倉なんかに負けてるわけないのにな」

苛立ちを隠して、佐和紀はため息をついた。帰国した支倉は周平につきっきりだ。それが悔しいわけじゃない。今まで岡村の仕事だったと思うだけだ。

以前を知らない佐和紀には、釈然としない話だった。

「支倉さんがいると助かりますよ。身動きが取りやすくなるので」

佐和紀の内心を読み取ったように、岡村は静かな口調で言った。

「本郷さんの件、少しわかりました。信義会の一件ではうまく逃げられたようですが、やはり反岡崎派との交流があるようですね。良くない状態です」

「どういうこと？」

「松浦《まつうら》組長は政治のうまいほうではないですね。なので、それと知らずに反岡崎派と繋がってしまう可能性があります。本郷さんが組長を貶《おとし》めない人ならいいんですが……。そのあたりはどうですか」

「……裏切るよ、あの人は」

海風が佐和紀の袖を揺らす。本郷の動きを探れと情報をくれたのは、豊平《とよひら》というこおろぎ組の幹部だ。

温かいカップを両手に包んで、佐和紀はため息をついた。

結婚した自分が少しずつ変わっていったように、周りも同じではいられない。もしも佐和紀が今でもこおろぎ組で過ごしていたなら、本郷は見栄を張ってでも松浦を担ぎ続けただろう。でも、佐和紀はすでに周平のものになり、初めから本郷のことなどこれっぽっちも好きじゃない。何度も口説かれたが、心は微塵も動かなかった。

「だとしたら、詳しいことは若頭《かしら》と相談された方がいいと思います。今後どう処理されるのか、その計画は補佐と支倉さんで決めていくとは思いますが、最終的な報告は若頭にあがりますから」

仕事の話になると、岡村は周平を『補佐』と呼ぶことがある。癖が出るのだ。

「……どうして、岡崎につかないんだろうな、本郷さんは」

気鬱《きうつ》が募り、佐和紀は視線をさまよわせた。

「人間関係というものじゃないですか」

岡村の口調は優しかった。もともとは岡崎も本郷も佐和紀のアニキ分だったと知っているからだ。顔を伏せたままで、佐和紀はコンクリートを軽く蹴った。

「まぁ、昔から仲は悪かったたな」

「……佐和紀さんを取り合って、ですね」

「わかったふうに言うなよ」

睨みつけると、岡村はふと笑顔になった。

「本郷のような男にまで優しくしないでください。過去は過去です」

佐和紀の胸の奥がチクリと痛む。それは悠護にも言えることだ。

同じことを周平も考えるから、見られているかも知れないとわかっていて、佐和紀が乱れるような抱き方をわざとした。周平の嫉妬が甘く思い出され、胸の内が熱くなる。

佐和紀は息を短く吸い込み、ココアを飲んだ。

「わかってるよ。信用できる相手にしか優しくしない」

岡村が顔をそらす。イルミネーションが眩しい振りで目を細める。そのあごを、ぐいっと片手で引き戻した。

佐和紀ができることなど限られている。だとしても、古巣のこおろぎ組と松浦組長のことは守るつもりだ。そのために岡村から少しずつ情報をもらい、大滝組の跡目争いを巡る複雑な力関係について教わっている。周平にすべて任せればうまく行くのだとしても、何も知らないままではいたくない。いつからか、そう思えるようになってきた。

「情報、ありがとう」

摑んだあごを指でさすると、岡村は迷惑そうに首を振る。佐和紀の指から逃れてため息をついた。

「こんなこと、誰にでもしないでください」

自分だけだと言われたい欲望が透けて見える。佐和紀は肩をすくめた。

「世話係にしか、してないから」

その言葉に、岡村は苦々しく顔を背けた。怒ったような眉は朴訥とした雰囲気の演技を忘れ、横顔に男らしさを滲ませる。

岡村は文句を言わなかった。言える立場じゃないと思っている男のスーツと自分の着物を見比べて、佐和紀は昔と過去を並べたような気分になる。

出会った頃、岡村は安いスーツに違和感がなかった。佐和紀はまだ着物が肌に添わなかった。今は、佐和紀と言えば着物だ。そして、岡村は生真面目さ以上にみっともなさが上回るようになってしまっている。

それがどういう意味なのか、佐和紀には答えがわからない。でも、わからないながらに、岡村には安いスーツが似合わないと改めて思った。

＊＊＊

オフィスの窓辺に腰かけていた周平は、ドアの開いた気配に振り向く。指に挟んだタバコの灰が長くなっていることにも気づき、ソファーセットのテーブルに置かれた灰皿へ近づいた。そこへ、書類がバサリと置かれる。紙の束の表紙は白紙だ。

「外見からは想像できないような好き者ですね」

支倉は無表情で言った。テーブルに置かれたのは、調査依頼の報告書らしい。

「俺には似合いだろう」

タバコを揉み消し、鼻で笑いながら書類を手に取る。

内容は悠護と佐和紀の過去だ。パラパラと流し読みした周平は、思わず笑った。

「こんなことぐらいで、あんなに固執するなんて、あの人も意外に純だな」

二人の間に秘密があることはわかっていた。

周平が頼むまでもなく高層マンションへ移った佐和紀は、なんだかんだと言いながら悠護を邪険にはしない。あの後、世話係と周平を交えて食事にも行ったし、昔の話になると子どもみたいに屈託なく盛り上がったりもしていた。

そのくせ、何かにつけて、自分は結婚したのだと悠護に訴える。言葉を選び、時には殴りつけ、それでも繰り返し言い含めているのを見ると、報告書に記載されている『結婚詐欺』以上のものを考えずにはいられない。

悠護が何年も忘れられず、見つけたと同時に仕事も放り出してしまうほどの『思い出』が二人の間にはあるのだ。

好きだったか嫌いだったか。それを問えば、おそらく佐和紀の気持ちも『好き』に傾く。恋愛かどうかを別にすれば、答えなんて聞くまでもないだろう。

「こんなことにかまけている暇がおありですか」

「仕事量を減らしていけと言ったのは『御前』だろう。おまえこそ、帰ってくるたびにキリキリ怒るのはよせよ。顔を見るのも嫌になる」

「嫌われたところで気にもなりません。お好きにどうぞ」

口ではそう言うものの、誰よりも周平の評価を気にかけている男だ。

「佐和紀の何が気に食わない。男だからか。それとも、俺がおまえに黙っていたからか？悪くない手だろう。男嫁で評判を落とすってのは」

「笑えません。お言葉ですが、落ちてないですよね？」

支倉の目がギラリと光る。眼鏡を指先で押し上げ、周平は肩を揺らした。

「それは、俺も予定外だった」

「あの男の功績でもないでしょう。直情的で幼稚な男だ。三井のように使役するならまだしも、愛人だと公言するなんて、自分でアキレス腱《けん》をちらつかせるようなものです。それとも」

「手を打ってくれ」

言葉を遮った周平に、支倉のこめかみが引きつる。

「お断りします。悠護さんにお渡しになる方がいいでしょう。あのご様子なら、交換条件が何であれ、受け入れてもらえそうですから。借り入れを減らされてはいかがですか」

「あれは俺への融資じゃないだろう」

「では、億単位の不動産を……」

「支倉」

「黙れとおっしゃいますか。ならば黙りますが、私があなたを見限ることも、あの男を認めることもありません。私の気性はよくご存知ですね」

「嫌というほど、な」

新しいタバコに火をつけて、ソファーへ沈み込む。

「佐和紀に手を出すなよ」

「それは、どういう意味で、ですか？」

「どんな意味にでも取れよ。そのすべてでだ」

タバコを口から離すと、支倉が灰皿を手に取って差し出してくる。

「わかりました。肝に銘じます」

「……支倉」

呼びかけ、周平は言葉を飲んだ。

悠護がどう出るか。そんなことを聞いて、どうなるのかと思う。

誰がそそのかし、口説いたとしても、佐和紀の心は揺れない。でも、過去の因縁を持つ悠護が、悠護らしいやり方で包囲網を組んだなら、そのとき佐和紀の感情さえ無視したなら、これは厄介を通り越して破滅的だ。

「……悠護さんの出方次第じゃ、俺はすべてを投げ出すぞ」

「ご冗談を」

支倉は静かに息をつく。

「そろそろ冷静になってください。悠護さんが相手では、なおさらのこと、投げ出しては勝てません」

「くそっ」

本音が口に出る。

大滝組の中では、湯水のように金が湧いて出てくると思われている周平だが、悠護に比べれば段違いだ。年下のあの男は、周平のことを、日本支社の社長ぐらいにしか思っていないだろう。真正面からケンカをして、勝てる相手じゃない。

「差し出がましいことを申し上げますが、うまく立ち回って、悠護さんの納得するまで貸し出すことですね」

「佐和紀にも人格はある」

「うまく立ち回れば、と申し上げました。あの程度の男を言いくるめられないあなたでもないと思いますが。悠護さんの興味も持って三年でしょう。一年で二億。三年期限で七億なら最低ラインで交渉できます」

「おまえ……恋愛って知ってるか」

「人を堕落させるということだけは、じゅうぶんに。あとは、あの男が三年後もあなたを好きでいるか。それだけのことです」

「却下だ」

タバコを口に挟んで立ち上がる。

佐和紀の存在が、周平のアキレス腱になるだろうことは事実だ。

「俺が堕落すると思ってるのか」

窓辺に立って、乾いた秋の街を見下ろす。

その先に広がる海は静かに光り、佐和紀と夏に楽しんだクルーザー遊びを思い出させる。

学生の頃に覚えた遊びだ。思い返せば、それがこの道へ入る第一歩だった。うわべだけの友情。華やかなだけの恋愛。国立大学だと侮られるのが嫌で、見栄を張った分だけ人生を無駄にした。

「そんな心配はしません」

支倉が隣に並ぶ。

「おまえは心配性な上に、自己中心的すぎるぞ」

「あなたが、すべてですから」

熱烈な台詞に、人を堕落させる恋愛感情は微塵もない。

周平が道を拓《ひら》いていく。支倉にとってはそれが夢であり、人生の意味でもある。ただそれだけのことだ。

「情念だな」

つぶやいて失笑する。

手を出すなと釘を刺して聞くような相手なら、そもそも結婚相手を隠したりはしない。

「おまえは俺の仕事だけに集中してろ。佐和紀のことにまでかまうことはない。……そうだろう」

オフィスに静寂が訪れ、返事はついになかった。

＊＊＊

夕暮れが去った空にひとつふたつと星が光り、江《え》の島《しま》の明かりが夜の闇《やみ》に浮かび上がる。

湿り気を帯びた海風を吸い込んだ周平は、浜へと下りていくスーツ姿の悠護を追った。

何十万もする革靴で砂を踏みつける悠護が、国道沿いの街灯を頼りにスライド式の箱からタバコを取り出す。

そばに寄り、ライターの火を差し向けると海風にかき消された。二度三度と繰り返したがうまくいかず、二人して風に背を向ける。ようやく火が安定して、悠護のタバコが燃えた。

呼び出しに応じて『大磯の御前』を訪ね、誘われるままに晩酌の相手をしてきたところだ。長居はせずに屋敷を後にした。

「あの子がピースを吸ってるなんてな」

海へと向き直り、悠護はショートサイズのタバコをふかした。

首をかすかに傾ける姿は享楽的で、日本人離れした存在感がある。本人がよそいきだと自嘲《じちょう》するスーツ姿も、洒脱《しゃだつ》で色気があり、嫌味なく洗練されている。日本のビジネスマンには着こなせないスタイルだ。チンピラ然としているときは小汚い髪の色も、着こなしに合わせて整えると不思議なほど格好よく収まる。

「佐和紀だよ、佐和紀」

返事をしないでいる周平を振り返り、悠護はにやりと笑う。指に挟んだタバコから伸びる紫煙が、絶え間なく揺らいでいる。

調書にあった記述を思い出し、周平はやむなく苦笑を浮かべた。

「美緒なんでしょう。あんたにとっては」

初めて引き合わされたときからすでに、悠護は独特の存在だった。良くも悪くも年齢の序列を無視し、正体不明の後ろ盾を持ち、尋常じゃない額の金を右へ左へと動かしていた。

「もう調べたのか。……まぁ、そうだよな」

「気づかなかったんですか」

「男だって？　気づかなかったなぁ。かわいかったんだ。本当に。店じゃ着物だったし、化粧も濃かった。外で会うときは、ダブついたパーカーとか着てて……」

頬をほころばせたまま、ふぅっと息をつく。その幸せそうな横顔を見据えたまま、周平はタバコを取り出す。

今の佐和紀を十数年巻き戻せば、その頃になる。かわいくないわけがない。でも、想像は想像に過ぎず、実物を知っている悠護に対してチリチリと胸の奥が焦げついた。

「岡崎さんの紹介なんだろう？　世間は狭いよなぁ。俺があんなに必死になって探した人間が、縁を切った世界に入ってたんだもんなぁ。嫌になる。……で、どっちが先に手を出したわけ？」

火のついていないタバコを指に取り、周平は眉をひそめた。

わざわざ車を停め、柄にもなく海が見たいなどと言い出した理由が、周平にもわかった。同行している支倉にも岡村にも聞かれたくない話をしたかったのだ。

「探し続けて十年以上が経ってる。別に、誰と寝てようがかまいはしねぇよ。ただ、どういう扱われ方をしてたのか……気になるだけだ」

スッと視線をそらす。ヤクザがどんな人間か、悠護は嫌というほど知っている。

いくら大滝組が『仁義』や『任俠《にんきょう》』を看板に掲げていても、集まる金は常に薄汚れているし、関わる人間の苦しみも尽きない。悪事の吹き溜まりだ。

「知ってどうするんです」

「どうもしねぇよ。ただ、不用意に傷つけたくない」

周平を振り向く悠護は、初めて見せる表情で弱く笑った。

短いタバコを吸い込むと、赤い光が強くなり、葉がジリジリと燃えていく。

周平が十六歳の佐和紀を知らないように、悠護もまた、十六歳の佐和紀しか知らない。

それなのに、同じ男のことを、違う気持ちで愛《いと》しいと思っている。

「俺はなぁ、周平。世界が欲しいなんて思う性質《たち》でもねぇし、今すぐにリタイアしたって遊んで暮らせる。……そこに、美緒がいればいい」

波音が響き、さざなみがスルスルと足元まで押し寄せる。

「あいつを女だと思い込んでたせいで見つけ出せなかったんだ。十年以上も無駄にしたかと思うと、正直、泣けるよ。バカバカしくて。でもまぁ、人生ってのは、そういうもんだよな」

「美緒というのは源氏名だ。佐和紀は佐和紀だし、生き方はあいつが自分で選ぶ」

「まぁ、そうだな。でも俺にとっては、探し続けた『あの子』だ」

タバコの火を消し、悠護は新しい一本を口に挟む。もう火はつけなかった。

吹きつける海風に顔を歪めた周平は、悠護の影響で吸い始めた葉巻タバコの味を思い出した。ワインもウィスキーも、入り口は悠護だ。金を任されるのと同時に、金の使い方も叩きこまれた。何が高価で高級か。そして、上級社会とは何なのか。

ヤクザの社会だけでは絶対に知りえない世界の扉を開けた悠護は、上司でもなければ雇い主でもない。同時に、友人でもなかった。

「構わないでもらいたい」

周平は苦々しく言い放つ。

「あいつは……、佐和紀は、こっちで生きていく男だ」

「勝手に決めるなよ。生き方を自分で選ぶって、おまえが言ったところだろ。見てから決めさせればいい。……おまえが、そっちとこっちを秤《はかり》にかけたみたいにな」

海風に、互いのジャケットがたなびいた。

「もう欲しいものは何もないと思ってた」

悠護が笑う。その表情は晴れ晴れとして、周平の背筋を凍らせる。

「美緒のことだって、生活を向こうへ移すときに一度はあきらめた。どこかできっと、平凡でも幸せに暮らしてるって……。たぶん、そうなんだろう。俺が妄想してた美緒って女は、やっぱりどっかで平凡に生きてる。……佐和紀が、人違いだって言っても忘れろとは言わないからだ。美緒は存在したんだよ。……だから佐和紀は、俺から金を巻き上げたことを引きずってるんだ。そういう男を、ヤクザで居させるなよ」

「それは」

言いかけて口ごもる。悠護がにやりとくちびるの端を曲げた。

「違うって？」

周平は口を閉ざす。

佐和紀の気持ちはわかっている。二人のやりとりを見れば、一目瞭然だ。だから、佐和紀は悠護に対する想いをひた隠す。

同じ事実に行きついているからこそ、悠護は周平を追い込み、黙らせる。

「あいつが俺に惚れていたと思うほど、めでたくはないけどね」

だけど、そこに恋愛感情によく似た信頼感があったことは否定できない。佐和紀も自覚しているから、周平には知られなくないと思うのだ。

「周平だってさぁ、人妻への横恋慕をありえないって思うほど、めでたくはないだろ。自分のやってきたことを振り返ってみろよ。人妻が間男に走ってソープに沈んでも『よくある話』だ。おまえの場合は、もっと性悪だけどな」

「間男が俺だったなら考え直します」

「そーか。俺程度じゃ、相手になんないか。色男は言うことが違うねー」

軽薄にケラケラッと笑い、悠護は風が収まった一瞬の隙をついてタバコに火をつける。

「佐和紀が『美緒』だからじゃない。佐和紀だから、だ」

肩をすくめた悠護がふぅっと息を吐き出す。にやっと緩んだ頬が、見る見る間に満面の笑みへと変わっていく。

「おまえに惚れた佐和紀の気持ちごと、好きになった」

悠護は屈託なく宣言する。

「佐和紀と別れてくれ」

晴れやかに頼まれて、周平は唖然《あぜん》とした。それと同時に猛烈な苛立ちを覚える。

今まで何度も横槍は入った。だが、悠護に対するほど胃の中が煮えたことはない。

「悠護さん、冗談も行きすぎれば不愉快だ。俺はあんたの子分でもなければ部下でもない」

「金でカタがつくだろ。あとは、お得意の一芝居を打ってよ。それが悪役でなくても文句は言わない」

言うことが支倉と同じだ。

「断る」

周平は即答した。怒りを通り越して笑いが込みあげてくる。

「あんたほどじゃないにしろ、俺も金には困ってない。タネ銭の出どころは確かにあんただ。でも、借りた金は返した。まだ何か、上からモノを言える恩でも？」

「ないね」

悠護はあっさり認めた。

「周平がいなきゃ、オヤジも姉貴も困るしな。今となっちゃ、俺の方があんたに頭が上がらねぇんだよな」

悠護は肩を揺らして笑い、タバコを噛んだ。

「おまえが、あんな佐和紀を見せるからだ」

吐き捨てるように言われ、一瞬、何のことかわからず、周平は眉根を寄せた。いつもの余裕をなくした悠護が、苛立ちを露わにする。

ふと思いつき、周平は笑みをこぼした。あの夜、覗かせてやった情事のことだ。

「嫁に来たときの佐和紀はまっさらだった」

「嘘だろ。岡崎さんが手を出していたはずだ」

「出してないよ。相手の経験値なんて抱けばわかる。組のために幹部連中とやっていた取引のことを言ってるなら、驚くほど内容は子どもだましだ。でも、それで金が引っ張れる男だってことは、あんたもよく知ってるんじゃないか」

「……まぁ、な」

「組長のために嫁に来た佐和紀は、初夜から最低で、俺のアレを噛んで逃げた。フェラチオも知らなかったんだろう」

「おまえが最低なんだよ」

悠護が顔をしかめる。

「だから、今でもさせるときは緊張する」

「嚙まれそうで？」

「違う。……恥じらいを隠すからだ」

嫌悪感を露わにして後ずさる悠護を追うように、周平は一歩前へ踏み出した。

「わざと慣れた振りをするからな。……佐和紀の相手が、俺だけだと不満か」

「……まさか」

言葉と表情が合っていない。悠護は目を伏せ、自分の足元へ忍び寄ってくる波へと視線を送る。

「おまえぐらいの悪人じゃなきゃ、美緒には手を出せない」

「佐和紀だ」

「そうだな。佐和紀……」

また悠護の顔がゆるむ。周平はうんざりした気分で身を引いた。靴を濡らしかねない波の勢いに、悠護の腕を摑む。

すんでのところで靴がびしょ濡れになるのをまぬがれ、二人は顔を見合わせた。どちらからともなく笑いが込みあげる。

「一本、吸ってから行こう」

悠護に言われ、周平は指に挟んだままだったタバコを口にくわえた。悠護のライターから火をもらう。

「悠護さんでも、嫉妬したりするんですね」

いつもの口調に戻し、海風から顔を背けた。慣れたタバコを味気なく吸い込む。

「金で買えないものも、ある。そんなこたぁ、俺はとっくに知ってんだよ。あんまり見せびらかす真似をするなよ。そのうち、悪魔に目をつけられて、居眠りしてる間にさらわれるぞ」

その悪魔はあんたでしょうと言いかけて、周平は押し黙った。

タバコの苦味に眉根を寄せている悠護が、心の底で何を考えているのか、覗き見ようとしたが叶《かな》わない。

「……危ないとか思わないのか」

笑うように言われ、周平は表情を引き締めた。

「佐和紀は男ですから、自分のことは自分でやります」

「なんだろうな。このムカつきは」

タバコを投げ捨て、悠護が踵を返す。その腕を摑んで引き止めた。

「悠護さん。吸殻は拾ってください」

「……ヤクザ風情が」

「カタギに迷惑はかけられません」

うそぶいて、タバコを口に挟んだ。スラックスのポケットに手を入れて、捨てた吸殻を拾う悠護よりも先に歩き出す。

国道沿いの歩道へ続く階段の上に、二人を見守る支倉の影が見えた。

周平は足を止める。かすかな違和感に後ろ髪を引かれ、悠護を振り向く。

まだ二人が悪い遊び仲間だった頃から、悠護は欲しいものはどうやっても手に入れた。

それが美緒を失った経験から来ているのだとしたら、油断はできない。

短くなったタバコを指に挟み、周平は無表情で前へ向き直った。

4

時計の針を眺める佐和紀の顔を、石垣が突然に覗《のぞ》き込んだ。

「佐和紀さん。よくないことを考えてますね」

松浦組長の自宅に寄った帰り道。喫煙できる喫茶店に入った二人は向かい合って座っていた。

「よくないことって何だ」

石垣の顔を片手で押しのけ、佐和紀は壁時計の短針が動くのを見ながら答える。その声に潜む真剣さに、石垣は黙り込んだ。

松浦組長に異変があったわけじゃない。いつものご機嫌伺いだ。

自宅は構成員たちの手によって掃除され、安定した暮らしぶりが確認できた。バリアフリー住宅だから、リハビリに通う松浦の生活には不便はないし、本人がこぼす愚痴は料理の味付けぐらいのものだ。

言われるとわかっていたから、マンションで筑前煮を作り、鍋《なべ》ごと持っていった。もちろん、いつも通りに喜んでくれたが、その顔を前にすると本郷の話が持ち出せず、佐和紀の心は淀《よど》んだ。

本郷のことをどう思っているのかと問いたかった。

信じているのか、いないのか。岡崎に敵対する行動について、どうするのか。

それらが口にできなかったのは、松浦の心を乱したくないという思い以上に、「おまえが考えるようなことじゃない」と一蹴《いっしゅう》されるのが怖かったからだ。

ヤクザ者としては、まだまだ半人前以下の佐和紀だった。

「これからこおろぎ組に……」

「ダメですよ。本郷さんでしょう」

コーヒーカップに口をつけ、石垣は聞くまでもないと言いたげに答える。佐和紀はムッとした。

「おまえは黙って車を回してればいいんだよ」

「蟻《あり》地獄に自分から落ちるような真似《まね》はやめてください」

「意味がわからない」

頬杖《ほおづえ》をついてそっぽを向く。

「見切り発車なんですよ。直感が間違っているとは言いませんけど、お願いですから、答えを急がないでください」

「そんな気の長いことができると思ってんのか」

ソーダのストローを摘《つま》んで睨《にら》むと、石垣は困ったように眉《まゆ》をさげた。

「……お願いします」

「お願いされたって、な……」

不機嫌に目を伏せる。

これでもよくよく考えているつもりだった。こおろぎ組の若頭の暴走で古巣が受けるだろう影響が気になってしかたがない。どうにかして本郷を思いとどまらせたいのだ。

「本郷さんの気持ちを変えることは無理ですよ、佐和紀さん。岡崎さんへの敵対心を収める代わりに何を要求されるかなんて、わかりきってるじゃないですか。火をつけたのは佐和紀さんです」

「はぁ？」

思わず気色ばむ。きつく睨んだが、石垣はぐっと奥歯を噛《か》んで受け止めるだけだ。

「……欲しいんですよ。だから、揺さぶりをかけて、あなたが自分で乗り込んでくるのを待ってるんです」

「まさか、それはないだろう」

「どうして『ない』って言い切れるんですか。組事務所で見かけるたびに、どんな目で見られてるか、知っていて言うんですか」

「……やめろよ、気持ち悪いから」

「わかってるのに、どうして行けばなんとかなるなんて思えるんですか。とにかく、絶対に止めるよう、シンさんに言われてますから」

「シンなの？　周平じゃなくて？」

「アニキが知ったら、どうなるか……。今すぐ本郷さんを消せないんですから、気苦労を増やさないでください」

石垣は真剣な目でまっすぐに見てくる。

「佐和紀さん。色仕掛けだけでなんとかできるレベルは越えたんです」

佐和紀は黙って石垣を睨み返した。正論に対する悔しさで瞳《ひとみ》が潤む。

「じゃあ、黙って見てろって言うのか。オヤジがいいようにされるかもしれないんだぞ」

「真っ向勝負ばかりが勝負じゃないと思うんですよ、俺は。わかってください。これは『政治』でもあるんです。本郷さんがこおろぎ組の若頭になったのも、いまだに泳がされているのも、その必要があると、うちの若頭《かしら》と補佐が考えているからです」

岡崎と周平を役職で呼んだのは、これが組織全体の問題だからだ。

「俺がかき混ぜたら迷惑になるのか」

「二人の心配が増えるだけ……だと思います。本郷さんの動きは松浦さんもご存知なんじゃないですか。いっそ、岡崎さんに聞かれたらどうですか。本郷さんに色仕掛けするよりはよっぽど安心です。味方ですから」

「……あいつなら、迫ってこないとでも思ってんの？」

「思います」

そう言ってのけ、石垣は苦笑を浮かべた。

「だから味方なんですよ。佐和紀さんの気持ちを一番に考えてくれます。……本郷さんとは違って」

「それってな、タモツ。おまえもそうだから？」

屈託のない質問に、石垣は意表を突かれた顔で押し黙る。動揺した目がしばらく宙をさまよい、最後にはすべてをあきらめたように佐和紀へ戻った。

「そうです」

「岡崎に相談しろってシンにも言われた。おまえも言うんだから、それがいいんだろうな」

かつては裏切り者だと恨んだ相手だ。できれば頼りたくはないがしかたがない。佐和紀が折れると、石垣はほっとしたように息をつく。

それからしばらくして喫茶店を出ると、一人の男がガードレールに腰かけていた。二人を見ると、人通りのまばらな道へ、身軽な仕草で飛び下りた。

「よぉ、佐和ちゃん」

「ゴーちゃん……」

　がっくりと脱力した佐和紀は、石垣の肩を押して急がせる。胸元が大きく開いたVネックのカットソーを着た悠護は、ジャラジャラつけたネックレスを鳴らしながらヘラヘラ笑った。

「つれなくするなよ。邪魔しちゃ悪いから、外で待ってたのに。ホテルまでさ、送ってくれない？　車だろ」

「やだ。反対方向だから」

「……どこに泊まってるか、知らないくせに。ついでに部屋を見てみたら？　すっごい豪華だ」

「興味ない」

　そんなところに足を踏み入れたら、何が起こってもおかしくない。絶対にゴメンだ。

「おまえ、ちょっと向こう行ってて」

　佐和紀の袖ごと腕を摑《つか》んだ悠護が、ろくに見もせず、石垣に向かってあごをしゃくった。

「申し訳ありませんが、できません」

　悠護の手をもぎり取り、石垣は佐和紀を背に守る。その身体をぐいっと押しのけた悠護が、佐和紀の前に再び進み出た。

「番犬気取りだな。まぁ、いい。……佐和紀。周平と別れて、俺のところへ来い」

「アタマ、おかしいの」

唖然《あぜん》とした佐和紀は顔を歪《ゆが》める。でも、悠護の表情は本気だった。

「おかしくなってるかもな。おまえらのアレが頭から離れなくて、死にそうだ。俺のものになってくれ」

「……それ、足を開けってことだよな」

「すみません。そんな話、こんな往来で……」

割って入ろうとした石垣をねめつけ、

「おまえのアニキにきっちり告げ口しておけよ。佐和紀、俺はおまえと寝たい。あの頃の続きは俺に権利があったはずだ」

「そういう問題じゃないと思う」

佐和紀は視線をそらした。でも、悠護は視界に入ってくる。

「おまえがどんなに周平を好きでも、周平がどんなに本気でも、そんなものはまやかしだ。意味なんてないんだよ。俺とおまえが一緒にいた、あの一瞬の方が本物だ」

まるで催眠術にでもかけようとするように、悠護ははっきりと繰り返す。佐和紀は首を左右に振った。言葉を否定し、声を拒む。

「だから、周平にも言えないんだろう」

言われた瞬間、悠護の頬を引っぱたいた。

「拳《こぶし》で殴ればいいじゃねぇか」

ぐっと手首を摑まれ、振り払おうとしたがうまく行かずに距離を詰められる。思わず石垣を振り向いた。間に入る腕に助けられ、佐和紀は背中へ逃げ込んだ。

自転車に乗った主婦が、不思議そうに三人を見て過ぎていく。

「佐和紀さん、車に乗っていてください」

石垣に促され、佐和紀はくるりと背を向けた。駐車場へ入る足取りは小走りになる。

「佐和紀！」

背中に投げられる悠護の声に、胸が押しつぶされそうになる。好きとか嫌いとか、そんなことじゃない。なのに、周平には言えないのだ。美緒と呼ばれた頃、自分を支えた男のその記憶が長く尾を引いて、忘れたつもりでもときおりチクチクと痛んだこと。それがまるで、恋の一歩手前のような苦さを持ち続けていたこと。

……言えるはずがない。

「佐和紀さん……ッ。大丈夫ですか」

車に乗ることもできず、ドアの前でうずくまっている佐和紀のもとへ石垣が駆けつける。

「追い返しました」

「悪い……。吐き気がする」

ムカムカする胸をさすりながら言うと、石垣の手が背中に回る。

「アニキには言いません」

言わない方がいいんだろうと察している声に、佐和紀は黙ってうなずく。

これは悠護の揺さぶりだ。わかっているのにやり過ごせない。

「佐和紀さん。大丈夫です。過去は過去なんです。どんなにいい一瞬でも、今でないなら過去だ。もう戻ってこない」

心に寄り添おうとする石垣の言葉を、佐和紀はうつむいたままで聞く。利口な男はそれ以上はもう何も言わず、問いかけもしない。

いつもの佐和紀に戻るまで、ただそばにいて、ずっと背中をさすっていた。

＊＊＊

ホテルのメインバーは、景色さえも飴《あめ》色だ。

薄暗い照明のフロアにはジャズが流れている。約束の時間よりも早く到着した佐和紀は、奥まった場所にあるソファー席を選び、くすんだ深緑のベルベットへ腰かけた。

とりあえずジントニックを頼み、腕時計を隠す袖を引き上げた。文字盤に目を向ける。

慣れないネクタイに手をかけ、ほどけば結べないと気づいて手を離す。馬子にも衣装だと笑った三井からのアドバイスを思い出し、スーツのボタンをはずした。そこへジントニックが届いて、グラスのふちに引っかかっているライムを酒の中に沈める。

店を選んだのは佐和紀だ。周平や岡村に何度か連れてこられ、慣れているとまでは言わないが雰囲気に戸惑うこともない。

暇つぶしのために持ってきた薄い文庫本を取り出した佐和紀は、しおりの挟んである場所までぱらぱらとめくる。でも、中身を読む気にはならず、小さくため息をついた。

爽《さわ》やかなライムの香りを嗅《か》ぎながら、ジントニックを喉《のど》へ流し込む。グラスを回して、涼しげな氷の音を聞いた。

このバーを、こんな目的で使う日が来るとは思わなかったが、周平は想定していたのだろう。デートと称して高級な店を巡り、着る機会がなくても佐和紀のスーツを揃《そろ》えていた。その上で、いくつかの店に岡村と通ったのも、おそらく周平の思惑のうちだ。

岡村を味方につけたことも、周平にとっては都合がいいのだろう。岡崎との関係もそうだ。なんだかんだと言いながら、本気で嫉妬《しっと》したりしないのは、周平も認める『味方』だからだろう。

ときどき入り口の方へ視線を向けながら、佐和紀はジントニックを飲み切った。待ち合わせの時間を過ぎ、二杯目を頼もうかと思った矢先、スーツを着た若い男に挟まれて恰幅《かっぷく》のいいダブルスーツの男が現れる。岡崎は、フロア係の案内を受けて近づいてきた。

閉じた文庫本をテーブルの上に置き、佐和紀は眼鏡《めがね》を押し上げながら立ち上がる。三人の視線はなかなか佐和紀を捉《とら》えず、フロア係が手のひらで指し示し、ようやく気がついた。

「……御新造《ごしんぞ》さん……」

若頭付の構成員が啞然と口を開く。

「これは、おまえ……すごいな」

何がすごいのか、まるでわからないと思いながら、佐和紀は大滝組の若頭に向かって軽く頭をさげた。

「ご足労いただきまして、申し訳ありません」

「別人だな」

「目立ちたくなかったから」

軽く睨んで、引き上がっていた袖を引っ張り直す。

いつもの和服をやめると、ホテルのバーに出入りするような私服は、礼服か周平のお仕着せしかない。

若い衆を離れた席に座らせた岡崎は、改めて佐和紀を見た。今となっては珍しい洋装を眺め回され、恥ずかしさよりも鬱陶《うっとう》しさが先に立つ。

茶色がかった灰色のスーツはダブルだが、肩パットを抜いた細身のデザインで、襟の開きは狭い。ボタンを留めると腰の高い位置に絞りが入る。織りの細やかな布地は柔らかく、仮縫いまでしたオーダーメイドだから驚くほど動きやすい。

「周平が選んだのか」

「そう、なんだけど……変？」

「似合いすぎてて、他に言葉がない。あいつのそういうとこがムカつくな」

指先でフロア係を呼んだ岡崎は、佐和紀の質問には答えず、自分の注文を告げた。目配せで二杯目を勧められ、岡崎と同じものを頼む。

「ウィスキーなんて飲めるのか」

「高い酒も好きになってきた」

「まぁ、あいつと連れ添ってりゃ、そうなるな」

「たまには俺の酒にも付き合ってくれるよ。焼き鳥とか、焼酎《しょうちゅう》とか……」

佐和紀にとっては、高級フレンチに連れていかれるよりもスペシャルだ。

煙が店内を埋め尽くす、カウンターしかないような狭い飲み屋で、肩をぶつけながら焼酎を飲むときの周平はスーツじゃない。薄手のセーターやカジュアルなシャツを着て、前髪もおろしてしまう。でも、やっぱり佐和紀は和服を着ていて、二人の会話の内容は下世話なエロネタか、高尚ぶった映画の感想だったりするのだ。

たまにバカ笑いする二人を、本職のヤクザだと思う客はいないが、酔って店を出れば舎弟たちが車を回して待っている。

「今夜のこと、周平は知らないのか」

「変な期待はするなよ。あいつらから確実に漏れる」

佐和紀は、離れた席に座っている構成員を視線で示した。

「……そうだなぁ。もう帰らせておくか」

「バカばっか言ってんなよ」

アニキ分への礼儀など、こおろぎ組に一人残されたときから忘れている。佐和紀は攻撃的に岡崎を睨んだ。

そこへウィスキーの水割りが運ばれ、それぞれの前に置かれる。乾杯代わりに軽く持ち上げてから口をつけた。

周平には言わずに来たが、ここまで送ってきたのは三井だ。

黙っていろと言っても居場所は定時連絡する。そうすれば、呼び出す相手ぐらい周平には予測できるだろう。

佐和紀はレンガ色のネクタイに指をかけ、息を抜くように少しだけゆるめた。

「本郷さんがヤバいってさ、聞いたんだけど、本当？」

「あぁ？　そんな話、誰《だれ》から」

ハハッと笑い飛ばした岡崎の目は、笑っているようで笑っていない。だから、佐和紀は素直に手の内を見せた。

「豊平さん」

「……周平に聞けばいいだろ」

ウィスキーのグラスを手にした岡崎が視線をそらす。

「なに、その態度」

「本郷がヤバいとして、おまえはどうする」

バーのフロアに流れる軽快なピアノにトランペットの響きが絡み、佐和紀は黙り込んでグラスを揺らした。

どうするのか。そこまでは考えていない。

知りたいのは、本郷のことがこおろぎ組にどう影響するのかであり、その結果、組長である松浦がどう思うかだった。周平に聞けないのは、温情を期待していると思われたくないからだ。

「おまえな、あいつに粉をかけたんだろう。そりゃあ嫌味に自慢されたよ」

「かけてねぇよ」

「そうか？　おまえはいつもそんな調子だ。焦《じ》らされてる男の方はたまんねぇんだよ。前と違って、何もさせないだろう」

「当たり前だろ」

「なのに、どうして昔と同じことをしてうまくいくと思うんだ」

「……べつに、そういうつもりじゃないし」

ついつい声が小さくなり、佐和紀は両手で包んだウィスキーのグラスをさらに覗き込んだ。岡崎の声色に説教臭さが滲《にじ》むと、昔の関係が甦《よみがえ》ってきて、叱《しか》られた子どものような気分になる。少しでも強気に行こうと選んだお仕着せスーツも、さほど役には立たなかった。中身は佐和紀だ。何も変わらない。

　岡崎がフロア係を呼び、つまみの盛り合わせを頼む。それからウィスキーをボトルで追加した。

「バカだと思って、何も教えてこなかった俺にも問題があるんだろうな。こういうことになるとは思ってもみなかったからなぁ……。佐和紀。こんなことを言うのもなんだけどな。

……利口に、振舞えよ」

「何、それ。久しぶりにアニキぶりたいの？」

　拗《す》ねたような佐和紀の口ぶりを笑った岡崎が、届いたボトルセットを引き寄せる。

　グラスにウィスキーを足し、さらに楽しげに肩を揺らした。

「ゴタついてた中華街のあたりが落ち着いたんだ。それに絡んで、本郷はヘタを打った。こおろぎ組に降りかかる火の粉を払えば、あいつも吹っ飛ぶかもなって、そういう話だ」

「何やってんの、あのおっさん」

　佐和紀のぼやきに、岡崎が目を細めた。

「マジで……か」

　佐和紀はぼそりと口にする。

えびす顔の本郷の姿が脳裏に浮かんだ。岡崎と本郷は、こおろぎ組にいたときからウマが合わず、相手の悪口を聞くと喜ぶ習性がある。なのに、今夜に限って岡崎は喜ばなかった。

「おまえをバカだと思ってたのは俺だけじゃない。本郷もそうだ。守っていることに優越感があったんだ。なのに、……おもしろくねぇよな。自分が変わった自覚はあるんだろう」

佐和紀の変化をおもしろくないと思ったのは、こおろぎ組にいた頃を知っている男たちのほとんどだ。一度は許した周平との仲を裂こうとした松浦もそこに含まれている。

岡崎がタバコを取り出し、火をつける。煙が立ちのぼり、佐和紀も習性的にポケットを探った。

スーツの内ポケットの中に入れたケースから、ショートピースを取り出して、吸い口を軽く押しつぶす。くわえたタバコに火をつけ、煙を吐いた。濃い香りが鼻に抜ける。

「……おまえの、そのタバコの吸い方、悠護に似てるな」

言われた瞬間、佐和紀は眉をひそめた。

「どういう関係なんだ」

「京子さんに聞けば？」

顔を背けると、タバコを灰皿に休ませた岡崎が、佐和紀のグラスを引き寄せた。

「本当のことを話す女じゃないから無理だ。ピースなら、ちょっと濃いぐらいがうまい」

　そう言って、新しい一杯を作る。

「おまえとは清い仲だって説明しといたけどな。信じてないだろうな。周平に紹介したことを散々なじられたぞ」

「ご愁傷さま」

　口に運んだ水割りは、言われた通りに濃かった。

　まだ残っているタバコの香りが、ウィスキーの味わいと混じり合い、独特の感覚が尾を引く。うまい不味《まず》いと、簡単に分別できるものじゃない。

　でも、好きか嫌いかなら、明快に好きだと言えた。

「佐和紀、どっちにもはっきりさせておけ。悠護にも、周平にもだ。……おまえは、バカだな」

　言われた意味がわからずポカンとしていたのを見咎《みとが》められ、これ見よがしにため息をつかれた。

「だって、弘一《こういっ》さん……が」

　言い訳ついでに、酔ったときにだけやってしまう呼びかけが出てしまう。佐和紀は苦々しく眉根を引き絞った。反対に岡崎の頬がゆるむ。

「いいか？　周平には洗いざらい話せ。悠護が好きだったなら……、たとえば、だよ。睨むな。たとえば、そういうこともあったんだったら、ぜんぶ話して、最後に『過去だ』って言っとけ」

「……誤解されるだろ」

「言わない方が誤解する」

「本当に？」

半信半疑に問いかけながら、佐和紀は視線ですがった。

悠護のことはもうお手上げだ。喫茶店前での一件の後も懲りずにやってきて、出かける佐和紀をロビーで待っていたりするのだ。攻撃は周平にも向いているだろう。何を言われようが、それを信じるような周平じゃない。でも、嫉妬はする。

悠護のことはなんでもない。そう言うのは簡単なのに、それを周平に信じてもらうことは難しい。

「過去だったら許されるとか、俺にはわかんない」

「おまえは周平の過去をどう思ってるんだ。たとえばもし、隠し子がいたら」

「いるだろうなー、って思ってるよ。そりゃあ」

燃えるタバコの火を見ながら、佐和紀は目を伏せる。

「……別れるのは、無理だ。過去は過去だし、子どもがいたってしかたないけど、子どもの母親のことはなんとも思ってないって言って欲しい、かも、な……。でも、子どもに父親がいないのはかわいそうだ。それに、もし、親子が困ってるなら」

新しい水割りのグラスを差し出され、本音をダダ漏れにしたバツの悪さを隠そうと、佐和紀はくちびるを突き出した。

「えー、いるの、いないの」

「いるわけないだろ。俺でもあるまいし」

「え。京子さん、いるのに。京子姉さんだって、あんたみたいな男が相手でも……」

二人の間の子どもが欲しいだろう。

そう言い終わる前に、手のひらで遮られた。やけに生命線の太い手相を眺めながら、佐和紀は死にそうにないなと考える。

「あいつはもう産まないんだ。三人も産んでるからな。いいんだよ」

「へー、子だくさん！　って、待てよ。なんか……」

「考えるな、考えるな。三人目の種が俺だ。だから、結婚したんだよ。悠護があっちで、まとめて面倒見てる。だからな、よその女が産んだってな、京子は祝いを持っていくし、嬉《うれ》しそうに子どもをあやしてる。あいつはそういう女なんだよ」

新しいタバコに火をつける岡崎の顔に、女という生き物に対する畏怖《いふ》が垣間《かいま》見え、一瞬で掻《か》き消える。それが京子への愛情の裏返しだと、佐和紀にはわからなかった。

「上の二人については、あいつの古傷だから、うかつに聞くなよ。組の連中がガキのことを口にしないのにも理由はあるんだ。たまに悠護と帰国するから、次は会わせてやる。上の二人はもう十八過ぎてるから……計算するのもやめとけ。……京子が言わないわけだな。あいつは偉いよ」

苦々しく笑った岡崎は、グラスに伸ばしかけていた手を止めた。

「……おまえが『過去だ』と言えば、周平は嫉妬も飲み込んで見せるだろう。あとは、悠護と周平の問題だ」

「俺は入ってないのかよ」

「入りたいのか？　おまえは周平のことだけ、考えてやれよ」

「……考えてる」

「本当か？　案外、嫉妬させて喜んでんじゃないのか？　ねちっこくされるのがいいなら、そんな方法じゃなくて」

「黙れ」

とっさに、ナッツを摑んで投げる。粒がバラバラと飛び散り、離れた席に座っていた若い衆がそそくさと駆けつけた。床に膝《ひざ》をついてナッツを拾う。それを眺めていた岡崎が顔を上げた。

「おまえに惚《ほ》れる男が悪いんだ。そこに関しては、周平も本郷も悠護も同じなんだよ。松浦さんもな」

視線を受け止め、佐和紀はくちびるを引き結んだ。

「でも、松浦さんと違って、本郷はおまえの成長を受け入れられない。そういう相手は使いものにならねぇよ。見極めろ」

厳しいことを言うときの岡崎の目は、出会った頃と少しも変わらず、世間知らずの佐和紀を諫《いさ》めるように鋭かった。

佐和紀は黙って見つめ返し、言われたことを胸の内で繰り返した。


こおろぎ組を離れ、大滝組の預かりとなり、結婚して名字が変わった。食べるものも着るものも今までとは違い、暮らす場所も移動の手段も雲泥の差だ。

松浦組長との生活は終わったが、周平との暮らしが始まり、上等なスーツに身を包んで向かい合った岡崎との酒席は、新しい世界のようでいて雰囲気だけは昔と同じだった。

佐和紀を見てかわいいかわいいと繰り返す酔っぱらいの岡崎は、半分悪ふざけで半分本気だ。

高層マンションの窓辺に立ち、濃紺のパジャマを着た佐和紀は頭にかぶせたタオルで乱暴に髪を拭《ふ》いた。遠くに見える海に浮かんだ船の明かりと、間接照明の室内灯が、大きなガラスの中で入り混じる。

だだっ広いリビングに一人でいると、大滝組の屋敷が恋しい。離れは静かだが、母屋には必ず誰かがいて、何よりも土が近い。縁側に座れば、草木の揺れる音や虫の声は絶えず、タバコをくゆらせていても心地がよかった。

車で迎えにきた三井は、マンションの部屋に異常がないかを確認して、夜も遅いからと話し相手もせずに帰っていった。飲みに行く以外、夜は寄りつかないのが、世話係三人のルールらしい。それは離れでも同じだ。

廊下へ続くドアが開いたことに気づかず、佐和紀は窓ガラスの向こうに見える街の灯《あか》りを見つめた。秋の夜長にチラチラと揺れて、心細い気分になる。あんな小さな灯りの中で、迷い、揺れ、行き場をなくしていた昔のことを思い出すからだ。

心の奥底に閉じ込めていた感情はたくさんある。母と祖母のこともそうだし、故郷で見捨てた友達のことも、騙《だま》して逃げた悠護のこともそうだ。思い出さないと決めたことがいまさら甦って、戸惑うよりも懐かしさを感じるのが不思議だった。

夜景に重なった周平の姿に気づき、真顔のままで振り返る。

忍び寄ってきた男にあごを掴まれ、キスを奪われた。お互いの眼鏡をはずし、窓辺に置く。周平の舌が優しく絡み、両手のひらが首筋を包んで降りる。

「んっ……」

周平の首から下がっているタオルを掴んで、佐和紀は軽く爪先《つまさき》立った。

帰ってすぐにシャワーを浴びに行った周平はパジャマのズボンだけを穿《は》いていて、肌にはまだ熱がこもっている。

「出かけてたのか？」

キスの合間に聞かれ、岡崎と飲みに行ったと佐和紀は素直に答えた。周平がくちびるの端を曲げるように笑う。

「俺の悪口だろう」

「違うよ。悠護の悪口だ」

本郷のことは言わなかった。昔馴染《むかしなじ》みであっても、暗躍したのだから処分は自業自得だ。できることなら、バカなことは考えず、周平と岡崎の味方について欲しかったが、それを決めるのは本郷でしかない。もうあきらめはついた。

「……聞いてるかもしれないけど」

なんの前置きもなく、佐和紀は言った。

「静岡で暮らしてた頃、美緒って名前で、店に出てた。悠護は、そのときの客で……」

摑んだタオルを揺らすと、周平の刺青《いれずみ》がちらちらと見え隠れする。顔を見上げられず、佐和紀は極彩色ばかりを目で追いかけた。周平が息をするたびに、逞《たくま》しい胸が上下して、牡丹《ぼたん》の葉が動く。

「一緒に働いていた女のために、悠護を騙したんだ。その女は福井の実家に帰って、俺もしばらくはそこにいて。半年もしないうちに別れた」

「その女に、惚れてたのか」

「そこ?」

顔を上げると、首を傾《かし》げた周平が迫ってきた。至近距離で見つめられ、佐和紀は意を決して答える。

「惚れてたんだろうな。子どもがいてさ。父親になってやりたいって思ったけど。……無理だったな。どうしても母親とダブって、抱けなくて。そのうち、相手が男を作った。正直、ホッとしたんだ」

「それで、静岡に戻ったのか」

窓に両手をつき、佐和紀を閉じ込めた周平の息が耳元にかかる。肩越しにリビングの天井を見つめ、佐和紀はゆっくりと息を吐いた。

顔を見ようとしない周平は優しい。だから、凍えそうな胸の奥まで知られそうで、反対にこわくなる。

「こっそり戻ったけど、もう悠護はいなくて。探しようもなくて。その程度の縁なんだって、思おうとした」

「好きだったんだろう」

周平の問いかけに、佐和紀は目を閉じた。感情を押し殺した声が胸に沁《し》みる。

「そういうんじゃない。もしも会えたら、男だってバラして、殴られてやろうと思ってた。……信じない？　信じられないよな。それでもいいけど。でも……、俺が、誰かを好きだって思って、それが恋だって思ったのは、おまえだけだから」

恥ずかしさで顔が火照《ほて》り、息を吸い直した。睨みつける勢いで、周平を見つめる。

「こうやって、そばにいて、キスしたいとか、他のこととか……、とにかく触りたいし触って欲しいって思うのは、おまえだけなんだ。そういうのは、初めてなんだ……から」

「……欲情させるなよ」

「しても、いいけど」

いっそ、して欲しい。口にしている間にも、佐和紀の身体《からだ》は行為を思い出していた。胸が熱くなれば、飛び火するように腰まで焦れる。

「もう少し、おまえの口説きを聞いていたいな」

周平から見つめられ、佐和紀はくちびるを尖《とが》らせた。

口説いているつもりじゃないと言いたかったが、周平の目が幸せそうに笑っているのを見たら文句も消える。

「悠護と出会う前に……横須賀にいた頃のことだけど。幼馴染みの友達がいて……、俺、そいつを見殺しにした。悠護のことを隠したのは、そいつのことを調べてやるって言われたからだ」

「それだけか？　……俺を嫉妬させて、楽しかっただろう」

周平の片手が腰に回り、パジャマをたくし上げ、ゴムの入ったズボンのウエストに忍び込む。

「周平」

息を呑《の》んだのは、言葉を理解するよりも先に火がついたからだ。首に腕を回してしがみつくと、手は遠慮なく下着の中へ入り、佐和紀の尻《しり》を摑んだ。

揉《も》みしだかれて、息が漏れる。

「……悠護のことは、ぜんぶ、昔のことだ。周平」

「終わった話で、俺をこんな気持ちにさせるんだな」

「怒ってる？」

「何を怒るんだ」

「……本当のことを、言わなかった」

「言えばいいってものでもない」

「でも、岡崎が……ッ」

言いかけてハッとした。顔を覗き込んできた周平にニヤリと笑われ、バツの悪さにあごを引く。

「弘一さんの入れ知恵か。年の功だな」

鼻で笑う周平の頬に指を添え、佐和紀はそっとくちびるを寄せた。自分の指のそばに押し当てる。それから、くちびるの端を舐《な》めるようにして離れた。

「悠護が懐かしかったのは本当だし、支倉にもムカついてた。褒められるほどの人間でもないけど、あんなに言われるほどかと思って……。おまえにとって必要な人間だってことはわかってる。だからって、支倉に気に入られたいとは思わない」

「あれは八つ当たりだから気にするな。……悠護から金を引っ張って、申し訳ないと思ってるのか？」

「……いや、それは……。出す人間から巻き上げるのは普通のことだろう。その金の出どころまで気にしてはいられない」

「ヤクザだな」

周平がニヒルに笑う。苦み走った色気を目で追いかけ、佐和紀は熱っぽく呼びかけた。

「周平……。だけど、罪悪感がまったくないわけじゃない。……許してもらいたいと、思ってて。昔のこと、なんだけど」

「謝る必要も金を返す必要もない。おまえに頼まれて金を用意したとき、悠護だって覚悟してたはずだ。それでも、おまえにいいところを見せたかったんだ。あいつだって、それなりの優越感は手に入れた。それが安かったか、高かったか。そんなことをいまさら考えてもしかたがない」

周平の頬に添えた指を摑まれ、キスを繰り返される。指が震えそうで、視線をそらして耐えた。

脈打つ腰を引くと、太ももが追ってくる。触れ合うと、ごりっとこすれた。

「おまえの笑顔には、俺が一番、金を出すからな。これまでも、これから先も」

左手のダイヤにキスをされて、佐和紀は小さく息を吞む。

「もう、やめっ……」

ぐいぐいと責めてくる太ももから逃げると腰を抱かれ、今度は互いの股間《こかん》がこすれた。周平のそこも硬く、お互いの欲情がリアルに伝わる。

「……な、なぁ？」

みっともなく喉を鳴らした佐和紀は、顔を伏せた。

歯車を狂わせようとしていた昔の思い出を吐露できた解放感に心が疼《うず》く。

「しても、いい……？」

問いかけたときにはすでに膝から崩れ、周平のウエストに指をかけて見上げていた。

視線をそらした周平が、手のひらで顔を覆う。深いため息はあきれたからじゃなく、欲情が募ったからだ。それは言われなくてもわかった。

下着ごとズボンを下ろす。出てきたものは太く反り返り、外気に触れて力強く脈打つ。ぶるりと震える昂《たか》ぶりを握って、佐和紀は喘《あえ》いだ。

息がうまく継げなくて、それなのに、呼吸を整えるよりも先に舌を這《は》わせてしまう。

「男相手に……、絶対、嫌だと思ってた……。今も、嫌だ。……でも、おまえだけは違う。……したくて……なんか、興奮する」

今までにない欲求に急《せ》き立てられ、佐和紀は目を閉じた。くちびるを押し当て、キスを繰り返し、形をなぞって指でしごく。

息を乱した周平の指に髪を撫《な》でられ、佐和紀は口を開いた。溜《た》めた唾液《だえき》を絡め、できる限り深くまで飲み込む。

上目遣いに見ると、視線がぶつかった。周平が顔を歪め、同時に震えた分身が佐和紀の頬の内側を打つ。

髪に潜る周平の指が、落ち着きなく動くのが嬉しくて、ことさらねっとりと舌を絡めた。

「んっ……ふっ……」

腰に手を添え、首を前後に振る。周平も腰の動きを合わせてきた。優しげな揺らぎは、やがて力強いピストンへと変わり、佐和紀は強くまぶたを閉じた。

周平の動きで艶《なま》めかしく口の中を犯され、それだけでは飽き足りなくなる。責められてばかりにはなれずに吸い上げた。

男っぽい呻《うめ》きがこぼれ落ちてきて、くわえたまま顔を上げると、やっぱり目が合う。

佐和紀は視線で促した。根元を摑んでしごき、周平の動きに任せる。屈辱でしかないはずの行為が、佐和紀を激しく興奮させた。

「んっ……ん」

口いっぱいに出された体液の濃さに、涙が溢《あふ》れ、引き抜かれたと同時に手のひらへと吐き出した。

ぬめり気を帯びた白濁が、糸を引く。

肩にかけていたタオルで手のひらを拭《ぬぐ》った。続けて口元を拭おうとした佐和紀の首の後ろを、しゃがんだ周平が引き寄せる。

精液の残る口をふさがれた。自分の精液だろうが気にも留めない周平の舌がぐっと奥まで入ってきて、唾液と精液が混じり、佐和紀の喉へと落ちてくる。

「んっ。は……っ、ん……」

躊躇《ちゅうちょ》なく飲みくだした佐和紀は、周平の淫蕩《いんとう》ぶりに性欲をいっそう掻きたてられてしがみつく。

生温かな舌が絡み、柔らかなふちがこすれ合う。

「キスはさせたんだろう。悠護に」

ソファーへと移動した周平がパジャマのボタンをはずしていく。肌を撫でる湿った手のひらの動きに目を細めた佐和紀は、そらしていた視線を周平へと戻した。

見つめ返してくる瞳の奥に、怒っているような焦燥の色が見え、心の奥がひゅっと寒くなる。何かを見透かそうとしている周平が、ありもしないものを探しているとわかったのは、肌に当たるくちびるがしつこく吸い上げてくるからだ。

首筋や胸元に痕《あと》が残るやり方がなぜかおかしく思えて、周平の髪を引っ張りながら、佐和紀は笑いを噛み殺した。奥行きのある座面に倒れ込む。

「キスは、した」

答えると、下着ごとズボンを剝《は》がれる。

「それも……した……」

股間を摑む周平の手を上から押さえた。舌打ちした周平は目を細め、眉根をキリキリと引き絞る。怒っている表情をこわいとは思わなかった。

ただ、ひとつだけ、佐和紀は不満を感じて手を伸ばした。精悍《せいかん》な頰に触れ、指をそっと滑らせる。周平の肌の感触に満たされる気持ちが泣きたいぐらいに大切で、今度は手のひらを押し当てた。

「……誰かに、優しくして欲しくて……したことだ……。されたことはないけど」

「佐和紀」

くちびるが手のひらを追ってくる。それと同時に、股間を摑まれた。

指先が先端をいじり、いつもの手管で溶かされていく。

「んっ……んっ……ん」

腰が浮いて、吐息がこぼれる。

「嫉妬、してんの？　……それって、ヤキモチってこと？」

問いかけた瞬間、自分でも子どもみたいだと思った。でも、周平に出会うまでの子どもっぽさに比べれば、たわいもない。

いつもなら笑うはずの周平は押し黙ったままで、手の動きだけがいっそう意地悪く淫《みだ》らになる。翻弄《ほんろう》され、煽《あお》られた佐和紀は、腰を押しつけるように揺らした。

甘酸っぱい感情が胸に溢れる。腰の奥がじんわりと熱を放った。

「まだ優しくされたいのか」

佐和紀の身体の反応を見ている周平の指がタイミングよく、奥のすぼまりを撫でた。指の先がゆっくりと円を描くと、快感に慣らされた佐和紀の身体は、続きを想像しただけで震えてくる。

「なぁ、佐和紀」

唾液で濡れた指がぐいっと押し込まれ、内壁をこじ開けられた感覚に声があがる。吸い込んだ息を吐くのも待たず、周平はそのまま指を動かした。

「あっ、あっ……ッ」

「さっきみたいにうまそうにしゃぶられたら、どうにもならないんだよ。おまえの過去に嫉妬するほど狭い心じゃなくてもな」

「……あ、ん、んっ！」

指が増え、動きの激しさも増す。性急な動きは息をする暇さえ与えてくれず、呑み込まれた佐和紀は与えられる快感に目を閉じた。

のけぞると胸元にキスが落ち、そのまま胸を吸われる。ぞくりと走った痺《しび》れは腰で渦を巻き、佐和紀の足を脱力させた。

受け入れたくて開いていく動きに、胸をいじっていた周平が息を吐く。けだるい熱が肌に広がり、佐和紀は促すように腕を摑んだ。

指が引き抜かれ、喘いだ佐和紀の中心に腰があてがわれる。

フェラチオで抜いたばかりのそれは、もうすでに硬く、佐和紀の狭い場所をぐりぐりと押し開く。

「あっ、あ」

じりじりとした動きに目眩《めまい》がする。

「周平っ……！」

快感の大きさを期待する身体は隠しようがなかった。指で愛撫《あいぶ》された佐和紀のそれは、先端を濡《ぬ》らして反り返り、今にも達しそうに震えている。

「まだ、優しくされたいのか」

周平がもう一度、尋ねてきた。その目に、薄暗く嫉妬が燃える。

「だれに、だよ……っ。んっ、はぁっ……ぁ」

周平が腰を揺らす。そのたびに、先端は肉を掻き分け、内壁をこすり、ゆっくりゆっくり奥へと入ってくる。

ぞわぞわと鳥肌が立ち、佐和紀は大きく息を吸い込んだ。

身体を丸めて、周平の手ごと、自分の性器を摑む。

「いく……っ、あ、あっ！　あっ！」

熱が螺旋《らせん》を描いた。頭の芯《しん》が真っ白になる。

「あぅ、ぁ……やっ」

まだ射精の名残が残るそれを激しくしごき立てた周平が、腰を前後に揺すった。動きに息が刻まれ、声が途切れてかすれる。

「あ、やめっ……ぁ、あっ」

頼んでやめるような男じゃない。特にセックスの最中は、絶対に無理だ。わかっていて、懇願した。

裏腹に激しくなる動きに身を委《ゆだ》ね、引きずり出される肉欲にわななく。

「やめたら怒るくせに。かわいくないな」

周平の言いざまを睨んだが、欲しがってると言われたことと、かわいくないと言われたことと、どっちの言葉に対して腹が立ったのかはわからなかった。

繋《つな》がったまま身体を引き起こされ、ソファーに腰かけた周平の腰の上にまたがった姿勢になる。

「何を怒ってるんだよ」

意地悪く周平が笑う。

「……ないっ。ん、ぁ……ぁ」

「こんなに拡《ひろ》がって……やらしいなぁ。美緒ちゃんは」

「なっ！　やっ……も、離、せ……っ！」

カッと頭に血が上った。もがいたが、腰を摑んだ腕はびくともしない。

「嫉妬しないって言っただろ！　過去には！　しないって！」

耳にかじりつくついでに大声で叫び、身体を離した。ずるっと楔《くさび》が抜ける、立ち上がると足がふらつき、助けようと伸びてくる手を払いのけた。

「周平に、秘密なんてない」

感情的になると視界が揺らぐ。涙が滲み、パジャマの袖で拭うと耐えられなくなった。

「みっともねぇだろ。……女の振りして、金稼ぐしかなくて。……っ、まえには、わかんないだろうけど！」

「だから、わかりたいんだ」

立ち上がった周平から逃げた。眼鏡をどこに置いたか思い出せず、視線を巡らせながら後ずさる。

「なんで、それが、こんなやり方なんだよ。最低だろっ……」

「悠護が呼ぶのはよくて、俺はだめなのか」

「そういうことじゃねぇだろ！」

握った拳を振り上げられず、佐和紀は視線をそらした。

「くっそ！　バカ亭主！」

「結婚なんて、紙切れだけの契約だ」

腕を摑まれ、今度は振りほどけずに間合いを詰められる。

結局、許してしまうのだ。

「おまえが顔を使ってシノいできたみたいに、俺はここでシノいできた。どっちがみっともないかなんて、比べても意味ないだろう？」

手を引っ張られ、まだ硬く張り詰めたままのモノを握らされる。手のひらで包むと脈打ち、佐和紀は目の前の刺青を見つめた。

「……言いくるめようったって、そうはいかないからな」

周平はときどき、いじめるようなやり方で佐和紀の愛情を確かめる。悪い癖だ。

「呼ばれて感じたくせに。締まってた……」

「だから！」

どんっと床を踏み鳴らし、頭突きを繰り出す。避けた周平に抱きしめられた。

「謝らない」

耳元でささやかれ、耳たぶをねっとりとなぶられる。

「ぅ……んっ」

逃げる素振りが媚態《びたい》になり、佐和紀は首を左右にブルブルと振った。

「嫌いだ。そういうところ」

「嘘《うそ》つけよ。気持ちよくしてくれる俺のことを、嫌いなわけがない」

「ばっかじゃねぇの」

「うぬぼれてるんだよ。俺だけがおまえを、女みたいに喘がしてやれる」

睨みつけた佐和紀の髪を、周平の指がそっと耳にかけた。そのまま、関節が頬をなぞって離れる。

「女じゃないおまえが、何もかもを忘れて無防備になれる瞬間だ。そんなふうにうぬぼれて何が悪い」

「悪くは、ないけど……、なんで、離れるの」

ゆっくり後ずさる周平が、静かに笑う。

「怒ってる佐和紀が怖い」

「は？」

「怒ってるおまえにも欲情する自分がな、怖い」

「それは……なぁ……。俺だって怖いよ」

笑いながら、手を差し伸べた。

「あの頃に会ってたら、周平みたいな男を好きになったかなぁ」

手を繋ぐと、周平が一歩ずつ戻ってくる。佐和紀はするりと腕の中へ入り、刺青の肩に頬を押しつけた。

周平の悪い癖に毎回翻弄されながら、それでももう慣れていた。たわいのないじゃれ合いを繰り返し、そのたびに互いの承認欲が満たされていくだけのことだ。

「どうなんだよ」

聞いてくる周平の声に嫉妬が滲み、佐和紀は笑いながら身体へ腕を回した。

「わかんない」

そう答える。温かい肌に頬を押し当て、おまえだって女に溺《おぼ》れてたくせにと、心の中でだけあてこすった。

十六の頃に出会っていても、佐和紀は周平を好きになった。こうして抱かれ、いつものキスをされたなら、結果は同じだ。何も変わらない。

でも、周平はどうなのか。女よりも自分を選んだだろうか。

「過去なんて、どうでもいい。悠護が言ってる女は、この世にいないんだから」

そっと頭を振って佐和紀は言う。

今があるから、昔が懐かしくなる。それだけのことだ。

愛情がどんな味なのか、知った今だから……。

「でも、あいつはおまえに惚れ直してる。佐和紀に」

「……それを、怒ってんの？」

あきれて見つめた。

「さぁ、『わかんない』」

佐和紀の口真似をした周平が、チュッとキスをしてくる。

「真似するなよ。……みっともねぇな、旦那《だんな》さん。嫉妬なんかして」

「それを、おまえが言うのか」

「あぁん？　なんか、悪い？」

腕と腰を掴まれ、ぐるっと二人の進行方向が変わる。背を向けたソファーへと押し戻されながら、佐和紀は周平の首へ腕を回した。

「悪くはないけどな。どうでもいいことで逆上して、婚約指輪《エンゲージ》を投げ捨てたのは、どこの誰だった？」

周平がおかしそうに肩を揺すり、佐和紀はくちびるを突き出した。

「ムカついたんだ。しかたないだろ。……あのときは、あんまり、してなかったし……」

「何を」

「そーいうこと、聞く!? ほんと、やだ」

ぷいっとそっぽを向いた頬に、またキスが鳴る。

「やめろよ。チュッチュ、チュッチュ、音を鳴らすの。恥ずかしいんだよ」

「じゃあ、もっと、いやらしいところの音を鳴らしてやるよ。そっちの方が好きだろ？」

腰から滑り降りた指が、まだ蕩《とろ》けている場所へと忍び込む。下卑たことを口にしても、周平は卑猥《ひわい》なだけだ。

嫌悪感とは別の感覚に、佐和紀は身体をよじった。ソファーがすぐ近くにある。

「あっ、く……っ」

腰を引き戻され、背中から抱かれる。的を狙《ねら》った昂ぶりに貫かれ、背筋に緊張が走った。

「あ、はっ……ぁぁっ」

ソファーの座面に崩れ落ちると、周平が体重をかけてきた。奥を先端でなぞられ、声をこらえた直後にずるずると引き抜かれる。

「……や、ぁ……」

「そうだよな。回数が増えたら、おまえは急におとなしい嫁になって、ヤキモチのひとつも焼かないで」

「そんな、ひま……ない、だろっ……」

ゆっくりと引き抜かれたものが、またゆっくりと入ってくる。じれったさが募るのも快感のひとつで、佐和紀は握った拳に歯を立てた。

「そろそろ、浮気でもされるんじゃないかと、疑ってる俺の気持ちもわかってくれよ」

「んっ、ん……やっ。激しく、すんな……っ」

奥を穿《うが》たれ、文句をつけると、今度は浅い場所を責めてくる。

「それもっ……、あっ、ん。浅いのも、や、だっ……あっ、あっ」

「文句が多いな、佐和紀。どうして欲しいか言えよ。してやるから」

「ないッ……。そん、なの、ないっ……あ、あーっ。んっ、あっ」

リズミカルに腰が打ちつけられ、肌のぶつかる音が響く。

「その音、イヤだ……っ」

「奥でキュウキュウ締めつけてるのは、誰だよ」

「……うっさ、い……。あ、あっ。そこっ。そこ……っ。周平。そこ、してっ」

ソファーの座面でうずくまる佐和紀の腰を掴んだ周平の手が、胸に回った。乳首を摘んだ指にこねられる。

「も……っ。エロ、い。やだっ。ヘン、だから」

「何が変なんだ。イキそうか？　いやらしいこと、言いたいなら聞いてやるよ。それとも、教えてやろうか。俺がもっと煽られるような、卑猥なのを」

「……あっ、はっ……。バカ。あ、あっ」

ピタリと寄り添った腰で奥を突かれ、息苦しさと圧迫感で感情が募る。

「気持ちいい……っ。おくっ、きもちいッ」

「……締まって……。食いちぎるなよ」

「んー、んっ！」

乳首を弾《はじ》かれ、薄い胸筋を揉みしだかれる。

「周平っ。周平っ。……もっと、エロいの……、してっ。あ、あ、あぁっ……」

膨張した硬い肉が、柔らかく蕩けた内壁をこする。浅い場所も奥も、どこをなぞられても痺れが走り、足の先までぐっと力が入る。

「あ、はっ……ぁ！」

「エロいのは、おまえの方だ。佐和紀」

低く唸《うな》るような周平の声に身体が疼く。顔が見たくて身体をよじると、そのままぐるっと反転させられた。

予想外の動きで中をえぐられ、耐えられずに佐和紀の先端から精液がこぼれる。

「あっ、あ、……ぅ」

背中を座面に預け、片足をソファーの背に上げる。片足を周平の肩に担がれた。

「気持ちいいな」

問われて、佐和紀はこくこくとうなずく。

「俺もだ」

「ん、はっ……」

拳を噛んで、のけぞった。身体の奥からうねるように生まれてくる快感で、周平をきつく締めつける。その収縮を貫くように抜き差しされると、息をするのもままならないほど感じてしまう。

だらだらと始まった射精の卑猥な感覚に震えながら、

「出すぞ、佐和紀」

周平に揺すり上げられ、もう声は言葉にならなかった。

ぼんやりとしか見えない天井が回り、激しく繰り返される二人の息遣いさえ混じり合う。追い込まれてくぐもる周平の声だけを探して、佐和紀は奥歯を噛みしめた。

周平が自分の快楽のためだけに動き始め、その激しさを全身で受け止める。

目の前が白くぼやけ、佐和紀は大きく息を吸い込んだ。

5

「周平は？　っていうか、起こしてくれよ」

ぼさぼさの頭を掻きながらリビングへ入ると、キッチンに石垣がいた。

「アニキは出ました。コーヒーにしますか」

「今、何時」

「二時です」

「……あいつ、何時に出ていった？」

「十時頃です」

「元気だなー。信じられねぇ。……カフェオレにして」

石垣の返事を聞きながら、パジャマ姿の佐和紀はリビングを出た。シャワーを浴び、木綿の着物を身につけて戻ると、カフェオレがソファーのテーブルに置かれる。

昨日の夜、抱き合ったその場所に腰かけ、佐和紀は半乾きの髪を掻き上げた。

あの後、酒を飲んで、それからベッドの上でもう一度抱かれた。それなりに激しかったはずなのに、相変わらず絶倫の男は仕事を飛ばさない。

「あいつといると、俺の生活がメチャクチャになるよな。タカシはどうした」

「今日は仕事です」

「お忙しいことで」

笑いながらカフェオレに口をつけると、フランスパンで作ったレタスサンドが出てきた。

「本日のご予定は」

床に膝をついた石垣に見上げられ、

「ありません」

答えて笑う。

「昨日、スーツを着て出かけたんだ。クリーニングに出しておいてくれ」

「わかりました。……よくお似合いでした」

「ん？」

一緒にいたのは三井だけだ。首を傾げた佐和紀は、すぐに理解する。苦笑いを浮かべた。

「三井のヤロー、写真を撮ったな」

「アニキにも送られてると思います」

「あっそ。お利口な舎弟だよな」

三井のそつのなさだ。

「すみません。電話が入ったので」

ポケットから携帯電話を取り出した石垣が、着信相手を確かめながらキッチンへ戻っていく。声の調子から言って、周平でも三井でもなさそうだった。

楽しい仕事相手ばかりじゃないのは、どこの社会も同じだ。

気安い相手もいれば、厄介な相手もいる。

石垣を気にかけながら、レタスサンドで腹を満たした佐和紀は、手近に置かれていた雑誌を引き寄せた。周平の読んでいる経済誌だ。

「佐和紀さん」

しばらくして、沈んだ声の石垣が戻ってきた。手には携帯電話を持っている。

「支倉さんなんですが……」

悠護じゃなくて、と言いかけて佐和紀は口ごもった。

「断りましょうか」

「なんだって?」

「今夜、食事をしないかって言われてます。断ります」

苦々しく顔を歪めた石垣は、話を持ってきたこと自体が間違っていたと言いたげに背を向ける。

「行く」

ソファーの上から声をかけた。

「え？」

携帯電話を耳にあてた石垣の顔に、後悔が滲み出す。独断で断るべきだったと思っているのだろう。

「時間と場所を聞いておけ」

「……。はい……。そうです。行くとおっしゃってます……はい」

答えは相手にも届いたのだろう。石垣はメモを取りに行き、

「本当に行くんですか」

携帯電話をポケットにしまいながら戻ってきた。

「どうせ、また嫌味を言うつもりですよ。仲良くできる相手じゃないんですから……」

「仲良くするつもりなんかねぇよ。でも、逃げてるって思われるのも癪《しゃく》に障る」

「アニキに同席を、頼み……ませんよね。はい」

佐和紀の睨みに、石垣が言葉を翻す。

「周平の舎弟だろう。びくびくしててもしかたねぇんだから。案外、周平に怒られたから謝ってくるのかもよ」

「そんなことでメゲる相手じゃないと思いますよ。それに、悠護さん絡みですし。二人で会うのは……」

「心配性だねー、タモッちゃん」

三井の真似をしてふざけると、ますます表情を硬くした石垣がくちびるを引き結んだ。過保護は嫌われるからと、束縛を自制するのが見てわかる。

佐和紀はその肩をポンと軽く叩《たた》いた、

「悠護と二人で飲みに行くよりは問題にならねぇよ」

眼鏡を押し上げ、立ち上がる。

嫌味なことを言ってくるからと尻尾《しっぽ》を巻いて背を向けるのは性分じゃない。話があると言うのなら、受けて立つだけだ。

どうせ、石垣は周平に連絡を取るだろう。そして、周平は黙認するはずだ。そうでないなら、支倉が石垣経由で連絡を寄越すなんてことはありえない話だった。

それぞれのグラスにビールが注《つ》がれ、酌を務めた石垣が神妙な面持ちで瓶を置く。刺身や天ぷらの盛り合わせが並ぶテーブルを挟んで、着物姿の佐和紀とスーツ姿の支倉は向かい合っていた。

「あとはこっちでやるから、外へ出てくれ」

支倉の言葉に、石垣があからさまな戸惑いの表情を浮かべた。

案の定、石垣の報告を周平は受け流した。佐和紀には何も言わなかったが、ここに来るまでの石垣の態度から察することはできる。

向けられた視線を受けて佐和紀がうなずくと、石垣はやっぱりそうするのかと言いたげに肩を落とす。しぶしぶと頭をさげた。

「扉の外で待ちます」

普通に食事をするだけでも、一時間は軽くかかる。

それを個室の外で待つのも、幹部クラス付きの構成員ならよくあることだ。出ていく石垣を見送り、

「お呼び立てして、申し訳ありません」

支倉がグラスを顔の前に掲げた。

どうぞ、と勧められ、佐和紀はグラスに口をつけた。これが生ビールなら言うことなしだが、しかたない。

「来てもらえるとは、正直、思っていませんでした」

数日前までの攻撃的な態度はどこへ行ったのか。別人のように穏やかな態度を、佐和紀は心の中でいぶかしんだ。

それを表には出さない。

「話を聞くつもりで来たから、余計な前振りはいいよ。どうせ、今までのことを悪いとも思ってないいんだろ。謝ってもらおうとも思わない」

ビールを飲み切ると、グラスを置くより前に、支倉が瓶を摑んだ。

「少しは利口らしいな」

丁寧な口調から一転する。

「耳は、ついてるからなぁ」

グラスが満たされ、佐和紀はもう一口、喉へ流し込んだ。

「でも、頭が悪いから、持って回った言い方は理解しない。はっきり言えよ。どうせ、内容は同じだろう」

手元の皿を押しのけ、肘《ひじ》をつく。立てた人差し指で軽く招いて先を急がせた。

「チンピラだな」

眉をひそめられて、挑発的に笑い返す。

「これが『売り』だよ。悪いな」

「……媚《こび》も売るらしいが、商売はやめたのか」

「買いたいなら売ってやろうか。その前に、周平と話をつけてこいよ」

蓮《はす》っ葉《ぱ》な物言いが癇《かん》に障るのだろう。支倉の眉がピクリと跳ねた。冷静沈着なタイプに見えて、岡村ほどのポーカーフェイスでもない。

それだけ腹に据えかねているのだと、佐和紀は思った。

「岩下さんのためを思うなら、素直に身を引くことだ。あんたがいたんじゃ、あの人の格が下がる」

「どうせ、ヤクザだろ。変わんねぇよ、格なんか」

「ヤクザで終わる人じゃない。あんたのような男にはわからないだろうが……」

支倉の言葉には周平に対する思い入れが溢れている。

でも、岡村や石垣たちが持っている尊敬や憧《あこが》れとは違っていて、それが何なのか、佐和紀にはわからない。

「あんた、俺の何が気に食わないんだよ。顔か、身体か、それとも、育ちか」

「すべてだ」

上流階級らしい清潔な顔立ちが歪むのを、もったいないと思いながら眺める。つんと澄ましている方が、支倉には似合っていた。

本人も自覚しているのだろう。ふっと息を吐き、表情を引き締め直す。

「中途半端に男をたぶらかしてきた輩《やから》に、あの人が惚れたと思うと、それだけで吐き気がする。悠護さんの趣味も相当悪いが、まぁ、理解できなくもない。あの人はチンピラ趣味だからな。……岩下さんをあきらめて、悠護さんのところへ行ってもらいたい」

依頼の振りをした押しつけに、佐和紀は怒りもせず、目を細めた。

「周平が承知しないだろう」

「あんたが受け入れれば、それでいい。後はどうとでもなる」

強要するまなざしの傲慢《ごうまん》さを受け流し、佐和紀は静かに息をつく。悠護と周平の関係を、ヤクザ社会の物差しで測っても無駄だとわかっていた。

そうでなければ、周平があんなに嫉妬するなんてありえない。あの二人は、違う土壌の畑で同じ野菜を作っているようなものだ。絶対に同条件にならないとわかっていて、周平の方が張り合っている。

「俺が断ったら、どうなる」

ビールを飲む支倉の動きを目で追った。

「支倉。おまえ、周平に黙って何を考えてるんだ」

「独断なのは、いつものことだ。私がいなければ、岩下さんの負担は三倍に増える。ヤクザの幹部なんてつまらないことをやめれば、悠々自適に動けるというのに……」

残りのビールを飲み切り、支倉はグラスを逆さまに伏せて置いた。これ以上、佐和紀と飲むつもりはないという意思表示だ。

「今なら金が動く。あんたが想像もできない額だ。こおろぎ組ごと足抜けさせて、カタギの商売をさせることもできる。組の今後を考えれば、暴力団でいるよりも堅実的だ。その空っぽの頭でも、それぐらいの勘定はできるんじゃないか？　そもそも、組のために差し出した身体なんだろう。次は、こおろぎ組と、岩下のために投げ出してくれ」

「……支倉。あんたさぁ、……恋って、したことあんの？」

視線が合った瞬間、佐和紀は肩を引いた。燃えるような憎悪のまなざしが向けられ、テーブル越しに伸びてきた支倉の手を払いのける。

「誰のために、こんな話を仲介してると思う」

感情を剝《む》き出しにする支倉が意外だった。

指先をわなわなと震わせ、目を血走らせている。男の中にある周平への感情は強い。でも、恋じゃない。もっとドロドロとしたシンパシーだ。

支倉は周平の何かに憧れ、誰のことも愛さない孤独さに自分を重ねてきたのかもしれない。それとも、周平の辣腕《らつわん》の原動力がそれだと思ってきたのか。

間違ってはいないだろう。周平には周平の孤独がある。胸の奥に隠した虚空《こくう》が、冷徹な男を形作ってきたのだ。

その部分が、佐和紀と恋をしたことで変わってしまった可能性はある。佐和紀にとっては、包容力のある旦那のままだが、佐和紀が変わったように周平にも変化は生まれた。

それを支倉が疎ましく思っているなら、見当違いだ。

一度変化した人の心は、佐和紀を奪ったところで、元に戻るわけじゃない
佐和紀は手酌でビールを注ぎながら、笑みをくちびるに浮かべた。

「あんたが頑張ってるのは、俺が惚れてる男のためだろう。それはありがたく思うよ。でも、こんな話はおかしい。……惚れてるからって、身を引けないこともある」

「愚かな男だ」

「引いた方が楽なことだって、いっぱいあるんだけどな」

鼻で笑いながらビールを飲むと、視線をそらした支倉が肩で息をつく。

取引の決定的な決裂を感じ、佐和紀は飲み切ったグラスを逆さに伏せた。これで、もう酒は飲まない。話も終わりだ。

睨み合うでもなく、互いの視線がぶつかる。

火花が散るほどの熱もなく、それは絡んですぐにはずれた。

「お話し中、申し訳ありません」

扉をノックする音がして、石垣が顔を見せた。一礼すると扉を閉め、佐和紀のそばまでやってくる。

「話は終わった」

「そうですか。では、車を回します。仕事の方の連絡が入ったので、俺はその後で事務所に戻ります」

「じゃあ、いいよ。タクシー使うから」

「いえ、それは……」

ちらりと支倉へ視線を流し、佐和紀へ向き直る。表情に焦りが見えた。

「急ぎなんだろ？　とりあえず屋敷に戻ってるから、タカシかシンに連絡を取ってくれ」

マンションへは一人で帰れない。悠護が待ち伏せているかもしれないからだ。

「それなら……、タクシーを頼んできます。待っていてください」

時間を気にしているらしい石垣は早口になっていた。

「あとは私が代わろう」

タクシーを呼びに行こうと踵《きびす》を返した石垣が、扉に手をかけた姿勢で振り返る。

「これは、世話係の仕事ですから」

強い口調で突っぱねられた支倉は、すくりと立ち上がった。

「岩下さんの信頼を裏切ってまで、この男に危害を与えると思っているなら見当違いも甚《はなは》だしい。それよりも、君が仕事を後回しにする方が困る」

「そんなたいした問題じゃ……」

「タモツ。いいから先に行け」

どんなに隠そうとしても、焦りは透けて見える。

くちびるを引き結んだ石垣は、支倉と佐和紀を交互に見比べる。一瞬のことだった。

直後には姿勢を正し、

「姐《あね》さん、すみません。俺の車に乗ってください」

この期に及んで佐和紀を選ぶ。苦渋の決断だと、眉間《みけん》に刻まれた深いシワが物語っていた。石垣は警戒心を剝き出しにした目で支倉を見据えた。

「なんだよ、おまえは……。どやされても知らねぇからな」

口調ではふざけながら、佐和紀は深く息をつき、着物の裾《すそ》を払って立ち上がった。衿《えり》を指先でなぞり、帯位置を直す。

そこでまた石垣の携帯電話が鳴った。出るように視線で命じると、目礼して部屋を出ていく。

「あの人の相手をして、まだ男をタラシ込む体力が残ってるとは恐れ入る」

支倉の嫌味に、一瞥《いちべつ》を投げた。

「それは、どうも。まぁ、めんどくさいけど、これも長所なのかもな」

「人を惑わすことがどれほどの罪悪か、尻軽でもわかる日は来るだろう」

会計をしてくると立ち上がった支倉が部屋を出ていき、一人で残された佐和紀は、ほとんど手のついてない食事を振り返った。

石垣の余裕のなさを思い出し、肩で息をついた。三井も石垣も、岡村よりは融通の利く仕事をしている。トラブルが起こって急に出かけることもあったが、今夜ほど切羽詰まっているのは初めてだ。

なのに、それを後回しにするほど、石垣は支倉を警戒している。それが本人の個人的な感情からなのか。別の理由があるのか。聞いてみる必要があると思いながら、佐和紀は眼鏡を押し上げた。

佐和紀を消し去りたいほど邪魔に思っているとしても、行動に移すのは容易じゃない。

「と、思うんだけどなぁ」

口に出してつぶやいたが、確信は持てなかった。

本郷のことが頭にちらつき、自分の判断力の危うさに、いまさら胸の詰まるような思いがした。

うまくコントロールできるはずだったのだ。自分を好ましく思っている男が、岡村や岡崎のような助言者の一人になると期待した。

アテははずれ、岡崎からは佐和紀の責任のような言われようをした。中途半端に男に粉をかけた結果が本郷の現状だとしたら、破滅へ追い込んだのは佐和紀ということにもなる。

そんなことまで責任は取れないと思うが、立ち回り方によっては昔馴染《むかしなじ》みを失わずに済んだのかもしれない。気鬱《きうつ》が募り、胃の奥が重くなる。

松浦組長がすべてを知った上で本郷を若頭に据えたのだとしても、そのことについて本心を聞いたことがないだけに心配だ。周平と岡崎の思惑で本郷がはじき出されたとき、本当に胸を痛めずにいるのだろうか。

ノックとともに扉が開き、石垣よりも先に支倉が戻ってきた。

「石垣は仕事の方へ行った。よほどの問題が起こったみたいだな」

扉を開けたままで促され、部屋の外へ出る。

「タクシーは来てるから、使えばいい」

「……俺に挨拶《あいさつ》もなしに消える男じゃないんだけどな」

店を出ながら、前を歩く支倉の背中に声をかけた。

「店の奥で怒鳴ってるから、裏口から追い出したんだ。ヤクザはうるさくて困る。……使える店が減る一方だ」

店の駐車場とは反対の大通りへ出て、佐和紀は足を止めた。

酔うほどの酒は飲んでいない。それでも、夜風が頬に心地いい。

歩道の人通りは少ないが、交通量の多い幹線道路だ。車のライトが次から次へと駆け抜ける。道の端に一台のタクシーが見えた。ハザードライトを点滅させて停まっている。

「悪いけど、一人で帰る。寄りたいところもあるし」

「ふざけるな。何かあってみろ、岩下さんにどう言うんだ」

「……もう決めてあるんだろう」

無表情な支倉は、佐和紀の言葉にも眉ひとつ動かさない。

やっぱりおかしかった。石垣の性分はよく知っている。

あの状況で、組の仕事よりも佐和紀の身の安全を選ぶ石垣だ。追い出されただけで消えるわけがない。そもそも、三井と違って石垣は頭がいい。店の迷惑になるほどの怒鳴り声なんてありえない話だ。

「石垣をどうした。てめぇが周平の足を引っ張ってりゃ、意味ねぇぞ」

　支倉を睨みつける。

「口汚い男だ。反吐《へど》が出る」

　吐き捨てられた唾《つば》が足元に飛び、佐和紀は片足を引いた。

「ケンカ売ってるなら買ってやってもいいけどな。その顔が、明日もそのままとは限らねぇぞ」

「その言葉はそっくりそのまま、返してやる。私は礼儀を尽くした。だが、おまえは取引を蹴《け》ったんだ。……石垣が心配なら、素直に乗れ」

　停まっているタクシーの後ろから、黒いワゴン車が現れ、滑るように道の端に停車した。ドアが開く。

　支倉があごを上げて、佐和紀を促した。

「それとも、この車に石垣を乗せるか」

　世話係を痛めつけてやると言外に脅され、

「……ぶっ殺すぞ」

　ふっと、頭の血が下がる。

　指先まで冷たくなりながら、佐和紀は車の中を見た。動物のマスクをかぶった男が三人、座ったままで待ち構えている。

「乗れよ、尻軽」

支倉が、口を開いた。整った顔立ちは冴《さ》えざえとしている。

「いまさら、ケツの心配をすることもないだろう。あの人に慣らされた身体なら、じゅうぶんに仕込まれているはずだ。……でも、心配は無用だ。あんたをケガさせたら、あっちもこっちもうるさいからな。おとなしくしてれば、ちゃんと『王子様』が助けに来る」

「誰のことを言ってんだ」

「思い当たる節が多すぎるか？　せいぜい、相手に媚を売って足を開くことだな。保身も世渡りの重要な要素だ」

笑われて背中を向ける。佐和紀は振り返らなかった。

車へと一歩近づく。

電話を摑んで出ていった石垣のことを考えると、胸の奥が痛んだ。ただで済んでいるはずがない。

乗ろうが乗るまいが、結果は変わらないだろう。それでも、石垣ぐらい、どうにかしてしまう怖さが支倉にはあった。

「支倉。本当に、石垣は無事なんだろうな。もしも、あいつに何かあったら……」

「そのときは、好きにしろ。だが、おまえと会うのもこれが最後だ」

背中を突き飛ばされ、つんのめった佐和紀の腕を男たちが一斉に引っ張った。引きずり込まれて、ドアが閉まる。

走り出す車の黒い窓ガラスに、佐和紀は片手を大きく打ちつけた。

店から石垣が出てくる。道に立つ支倉に気づいて顔を上げ、よろめきながら出した一歩には力強さが残っていた。

スピードを上げる車の中で、佐和紀は一度だけ強く目を閉じた。

＊＊＊

味気ない雑居ビルの屋上に建てられたプレハブ小屋は狭く、佐和紀が乗っているシングルベッドの他にはパイプ椅子《いす》が二つあるだけだ。ベッドマットは剝き出しで布団もなく、隙間《すきま》風がヒューヒューと音を立てて吹き込んでくる。

車の中で手足を縛られた佐和紀は、袋詰めで担ぎ上げられ、小屋の中に入ってからさるぐつわをはずされた。手足の拘束はそのままだ。

ひとつきりの裸電球が照らす室内は中心だけが明るい。その光の中を横切り、ウサギマスクの男が近づいてきた。ベッドをきしませながら、着物の裾をぴらりとめくる。

「触るなよ」

と仲間に止められたが聞かず、

「この下って、何穿いてんのかと思ってさー」

軽い口調で返した。口調からは若い印象を受けたが、マスクの中でくぐもった声は低くかすれ、それなりの年齢のようにも思える。

襦袢《じゅばん》の裾も引っ張られ、佐和紀は申し訳程度に身をよじってみせた。手の拘束はきつく、ちょっとやそっとでは逃げ出せそうにもないから、今はまだ様子見を続ける。

ウサギマスクの手が襦袢をめくり、太ももまで外気にさらされた。

「へー、ボクサーパンツなんだ。ふんどしかと思ってたのになぁ」

するすると肌を撫でられ、反吐が出そうな思いで顔を背けた。

男の身体からはきつい体臭が漂い、ヤクザっぽさのない格好は薄汚れている。

でも、汚いのはウサギマスクだけじゃなかった。残りの二人もたかが知れていて、首回りのよれたTシャツやいかにも量産品のシャツを着ている。ほとんど洗濯していないように見えるそれらは、大滝組の事務所なら出入り禁止のレベルだ。

「綺麗《きれい》な脚してんなぁ。女みてぇ」

「どれどれ」

つられてやってきたのは、安物のシャツを着たキツネのマスクだ。

あごを強引に摑まれ、眼鏡を奪われる。裸眼の視界がぼやけた中に、気味の悪いキツネの顔がぬっと現われた。

「顔もイケてんなぁ」

「おい。手は出すなって言われてるだろ。それぐらいにしろよ」

ゴリラのマスクが男の手を払いのける。いつのまにやら三人に取り囲まれ、プレハブの壁に背を預けた佐和紀は息を止めた。

不潔な匂《にお》いを吸い込みたくなくて、最小限の呼吸でやり過ごす。そんな佐和紀に気づきもせず、キツネがゴリラに言った。

「あんた、男とやったことある？」

「あるわけないだろ。気持ち悪い」

ゴリラが一蹴した。

「相手を選べば、そうでもねぇんだけどな。タダでやれて、女みたいに文句も言わねぇし。金もくれるしな」

「そりゃ、おまえ、強盗レイプだからだろ」

二人のやりとりを聞いていたウサギが、甲高い声でキッキキッと笑った。癇に障る笑い方だ。仲間たちがどう思っているのかは、マスクをしているせいでわからない。

「なぁ、このまんま、連れていってさぁ。やっちゃわない？」

キツネが言った。

「金はもらってるし、いいじゃん。みんなでやってからさ、そっち系の人間呼べば、いくらかは金になるし。どうせ、こんなことに巻き込まれるんだから、まともじゃないだろ。こいつも」

「いやー、それをおまえが言っちゃうの！　みたいなー、ねー」

ウサギが笑い、ゴリラのマスクが左右に揺れる。

「バカなこと言ってんなよ。俺はゴメンだ。興味ない」

佐和紀から距離を置いて拒絶する声は引きつり、これ以上のことに巻き込まれたくないと言いたげな雰囲気がした。キツネが言ったように、男たちは金をもらって雇われたのだろう。

服装や態度からいって、ヤクザでもチンピラでもない。おそらく、暴力団と関係している闇金《やみきん》の債務者たちだ。

「なぁ、まだ来ないのか」

そわそわと落ち着かないゴリラが、部屋の隅に立つウマのマスクへ声をかけた。

「もうすぐだ」

めんどくさそうに答える声は落ち着いていた。サングラスをかけて車を運転していた男で、他の三人に比べれば身なりに気が回っている。この男だけはヤクザ関係者のように見えた。少なくとも、四人の中では明らかにリーダー格だ。

「電話をしてくる」

ウマが小屋を出ていくと、プレハブの中はシンと静まり返った。ゴリラが入り口近くの壁に寄り、キツネはパイプ椅子に腰かける。

ウサギだけが、佐和紀の足を何度も撫でていた。

「あんた、大滝組の男嫁だろ」

マスクをずらした口元を耳に近づけられ、ゾッとするような息が肌にかかった。佐和紀が身をよじらせるよりも早く、べろりと耳を舐められる。

「……っ」

「俺のチンコを舐めてくれたら、いいことを教えてやる。どうだ、いいだろう。男のチンコが好きなんだろ」

ウマがいなくなるのを待っていたのだろう。キッ、キッ、と気持ちの悪い笑い声をあげて、ウサギが下半身を太ももへ押しつけてくる。

そこはもうすでにゴリゴリと硬くなっていた。

「なんだよー。おまえ、やる気なんじゃん」

戻ってきたキツネが佐和紀に触ろうと手を伸ばした瞬間、何を思ったのか、ウサギは拳を振り上げた。鈍い音がして、キツネが床に吹っ飛ぶ。

「邪魔すんなよ！　もう、我慢できねぇ……っ。だ、旦那とはシャブを打ってやんのか。さ、最高だろうなぁ」

キキッと笑うたびに、痙攣に似た動きで肩をすくめるウサギは、ごそごそとジーンズをずらし、唖然としている佐和紀の前で勃起《ぼっき》したものを引きずり出した。

「おーい、そこのゴリラ。ウマ呼んできて、ウマ。早く！」

興奮しているウサギから顔を背け、キツネが叫ぶ。

ハァハァと息を乱すウサギのマスクの下から、よだれらしきものがタラリと垂れた。

「あぁ、入れてみてぇ。あんたみたいな男のケツに突っ込んだら、どんなに気持ちいいんだろうな。補佐にも、エロイことさせてんだろ……ッ」

四人の男たちの中で飛び抜けて汚い服装と体臭は、金のなさがだけが理由じゃない。

佐和紀の嫌悪感は最高潮に達したが、目をそらせば隙を与えることになる。マスクの中で、意味のわからないことを話し出したウサギが立ち上がった。

何をしようとしているかは明白だ。髪を鷲掴《わしづか》みにされて、頭皮に痛みが走る。

「おまえ……っ」

文句を言いかけた佐和紀は、とっさに口を閉じた。

すえた匂いのする肉が、顔に近づいてくる。口に押し当てられる寸前のところで、

「くっそ！　このヤク中がっ！」

男の怒鳴り声が轟《とどろ》いた。ウマに殴られてウサギが吹っ飛び、続けざまに剝き出しの尻を蹴られる。ウサギは悲鳴をあげて逃げ惑ったが、ウマは容赦なく足を踏み下ろした。

「ふざけんな！　この、クソがッ！」

耳をふさぎたくなるような金切り声で淫語を叫んだウサギは、急にゲラゲラと笑い出す。

「そこの二人！　こいつを外に出して縛っとけ。口もふさいでろ」

ウマに命令され、キツネとゴリラが動いた。

笑い続けていたウサギの声がくぐもり、殴られているのだとわかる。ゴリラにそんな根性はなさそうだから、殴り飛ばされたキツネの仕返しだろう。

「……大丈夫か」

近づいてきたウマに着物の裾を直され、佐和紀は眼鏡の奪われた裸眼で睨む。肩で息をついた。何日も風呂《ふろ》に入っていないのだろうウサギの臭気が、まだあたりに漂っているようでますます胸が悪くなる。

「あんたの迎えはもうすぐ来る」

「誰が、来るって？」

顔を上げて尋ねると、

「知らないのか」

マスクの向こうで驚く気配がした。

「悪いな。俺もよくは知らないんだ」

「あんた、どこの人間……って聞いても無駄か」

「そっちこそ、こんなことに巻き込まれて……」

「カタギじゃないんでほっといてくれ。ウサギはシャブ中か。キツネはパチスロに金を吸われてて、ゴリラは、なんだろうな」

だいたいのアタリをつけた佐和紀は、忌々しく舌打ちした。ウマのマスクを見据える。

「あんたも、金がいるんだろう。逃がしてくれとは頼まないから安心しろ。でも、あのウサギは近づけるな」

「わかってる。……迎えに来た人間には言わないでくれるか。報酬が減ると困るんだ」

「……いいよ」

答えたところで、ウマの電話がまた鳴った。今度は外へ出ることなく、小屋の中央で佐和紀に背を向け、マスクをずらした。

「はい。申し訳ありませんでした。はい。え……？　今日ですか。あぁ、はい。わかりました。大丈夫です。打てば、しっかりします」

片足に体重をかけながら、ウマは明瞭《めいりょう》な返事をする。それが、佐和紀の世話係たちを思い出させた。周平からの電話の内容が仕事に関係するものなら、三人の背中はスッと伸び、返事はいつもよりもはっきりと小気味良くなる。

だから、ウマのけだるげな姿勢には、相手との関係性が表れていた。口では従いながら、心はそれほどでもない。

「えぇ、あの補佐の腰巾着《こしぎんちゃく》を。はい。わかります。駅裏の『ムーラン』ですね。あそこなら人通りも……はい」

会話の内容に耳を澄ましていた佐和紀は、ウサギがわめきたてていた言葉のいくつかを思い出して目を細めた。

電話はしばらく続き、時計を確かめたウマがマスクをかぶり直して戻ってきた。他に得た情報は、日が変わらないうちにということだけだった。

「俺を迎えに来る相手？」

ウマは答えない。答えはノーだろう。それなら、電話で連絡してこなくてもいいはずだ。

「金ってどれぐらいもらってんの？　それ以上出したら、俺につく？」

「あんたが誰かもわからないのに、ホイホイ乗り換えられない。いまさら引けるか」

ウマがベッドの端に腰かける。笑い声がマスクの中でくぐもった。

「そういえば、ヤクザの関係者だって言ってたか……。聞かせるんじゃなかったな。忘れてくれよ」

佐和紀の外見に騙され、すっかり忘れていたのだろう。自分の膝をバチンと叩いて立ち上がる。ウサギとは違い、ウマは佐和紀のことを知らないらしい。

ウマが小屋の外に向かって叫ぶと、呼ばれた三人が戻ってくる。マスクを脱いだウサギはまだ暴れていた。

「ど、どうしたら」

肩に抱きつくようにして押さえているゴリラが戸惑いの声をあげた。黙らせようとしたキツネが、マスクをはずしているウサギの頬をぶった。

「打てば、すぐに落ち着く」

その言葉に、さるぐつわを嚙まされたウサギが甘えるような悲鳴をあげた。ばたつかせていた足を止め、ゴリラの手から床へと倒れ込む。ウマの方へ芋虫のように這い寄った。

「最後の仕事までもってくれよ。おまえのためのクスリも安くねぇんだから」

ウマが服からアルミのケースを取り出し、佐和紀に背を向ける。注射しているらしい動きの後、その場に転がるウサギの身体は小刻みに痙攣《けいれん》した。狂ったように暴れていたのが嘘のようにおとなしくなり、ゴリラとキツネに両脇《りょうわき》を抱えられる。

「時間だな」

ウマが時計を確認した。四人は扉の方へと移動する。

「もうお前たちは帰っていい。おつかれ」

みすぼらしいプレハブの小屋に似つかわしくない声がした。朗らかな響きに、佐和紀は一人の男の顔を思い浮かべる。

視界の中に現れたのは、想像通りの悠護だ。

金茶色の髪にミラーのサングラス。片手にミネラルウォーターを持った悠護は軽い足取りで近づくと、佐和紀の口に錠剤らしきものを押し込み、吐き出すよりも早くミネラルウォーターで流し込んだ。口からこぼれた水で、あごや首が濡れる。

あっという間だった。あまりにも自然で、あまりにも当然の顔をするから、抵抗する気にもならなかった。

「何を飲ませた」

睨みつけると、

「……一種の興奮剤だ」

それさえ当然のように、悠護はあっさりと口にする。

最低だと思いながら、佐和紀は身体の力を抜いた。そういう類《たぐい》のクスリの作用は知っている。要するに媚薬《びやく》だ。じきに意識が朦朧《もうろう》として、肌が火照ってくる。

目の前の肩に抱き寄せられた佐和紀は、素直に身を任せた。もたれながら、拘束を解いてくれるように頼んだ。

「腕が痛い」

「……佐和紀」

「盛り上がるのは後にして、とにかくほどいてくれ……」

指先に頬を撫でられ、顔を上げさせられる。覗き込んでくる目から視線をそらした。

抵抗しようと思えばできる。でも、今は無意味だ。

されるがままにくちびるを指でなぞられ、佐和紀は不本意なそぶりで身を引いた。それでも追ってくるくちびるに、キスを奪われる。

同じ行為でも、周平とはどうしてこんなに違うのか。こわいほど冷静に受け止め、口の中をなぶる舌から逃げた。

「ここでするつもりか」

「あきらめがいいんだな」

少し悲しげに微笑《ほほえ》み、悠護は小さな声でゴメンと言った。

足と腕の拘束が解かれ、自由になったところでまた顔が近づいてくる。後ろ手に逃げた身体を、壁へと追い込まれた。

「やめろよ。こんなこと……」

「どうしようもない。納得してくれないんだろう」

「できるわけない。支倉に周平を裏切らせるつもりか」

支倉と悠護は結託していたのだろう。佐和紀が交渉を蹴るとわかっていて、二人はこの方法を取ったのだ。

「あいつにとっては、裏切りのうちに入らない」

それでも周平が黙っていないと言いかけ、佐和紀は口をつぐんだ。

「一回寝たぐらいで、帰れなくなるわけじゃない」

「……俺と日本を出よう」

「嫌だ。そんなの、冗談じゃない。……なぁ、さっきの男たちは何だよ」

「知らなくてもいいことだ」

そっけなく答える悠護のシャツを、佐和紀は両手で鷲摑みにした。胸ぐらをぐいっと引き寄せ、鼻先がすりつくほどに近づく。悠護の目の中に、自分だけを映した。

「うっせぇよ。知って損か得かは、俺が決める」

「支倉が用意したんだ」

息巻く佐和紀とは裏腹に、悠護は落ち着き払った目を細めた。何も知らない振りをしているのだろう。いつもの軽薄な態度は消え、物悲しげに息をつく。

憂いを帯びた表情に、時間が巻き戻ってしまう気がした。

両頬を手で包んだ悠護が、額を合わせてくる。熱を帯びた息遣いがくちびるをふさぎ、佐和紀は視線を伏せた。

「昔の続きをしたいとは思ってない。それでも、あきらめがつかない」

悠護の声が遠く聞こえる。あのときも、そんなふうに話していた。

互いの不運を薄紙に包むように語り合い、美緒が嫌がれば、悠護は毛布越しにしか抱きしめてこなかった。

客として接するのは平気でも、『男』がこわいと言ったのは嘘じゃない。あの頃は、そうだった。

「あいつじゃ、おまえを幸せになんてできない」

「決めつけるな」

押しのけようとした手を摑まれ、佐和紀は感情的に相手を睨んだ。不思議なほど気持ちが昂ぶり、それを不思議だと思う自分さえかすんでいく。

「クスリが効いてるんだ」

そう言われて、冷静さがわずかに戻った。

心臓の音が大きく聞こえ、涙で滲んだ視界が危うい。

「お前が気にしてた、友達の話だけどな……」

「悠護」

話を遮って、もう一度シャツを摑んだ。今度はすがりつくようにくちびるを近づけ、浅くなる息を意識的に深く吐き出す。

「教えてくれ。俺を拉致《らち》したヤツらは何者だ。ウマのマスク、あれはどこの男だ」

「……俺は引き取りの約束をしただけだ。支倉と」

「あいつが俺を売ったことはわかってる。」

話すだけで息が上がり、身体がけだるくなってくる。頭の芯が痺れ、考えはいっそうまとまらなくなった。

それでも、本能が聞けと命じてくるのだ。あのウマが携帯電話で話していた内容が、今になってひどく気にかかる。

ただでさえ動きの悪い頭を呪《のろ》いながら、重なろうと近づくくちびるを避けた。揉み合いながらベッドマットに転がる。悠護に押さえつけられ、着物の裾が乱される。割り込む足を受け入れ、急所を摑まれてのけぞった。

熱が生まれ、渦を巻く。手を動かされると、夢中になりそうだった。他人の手だとわかっているのに、興奮剤で理性が欠けた頭の中は、周平との記憶だけを追いたがる。

「悠護。……や、だ……」

力を抜いて身を任せながら、股間に伸びる手を引き剝がす。

「キス……」

熱っぽく喘ぎ、悠護の両手を摑んだ。指を絡めて手を繋ぐ。しどけなく身をよじり、くちびるを求めた。

舌が絡み、唾液が混じる。

下を触られるぐらいなら、キスをしている方がまだマシだった。相手の暴走を止める術《すべ》が、今はこんなことしか思いつかない。

「あっ……はっ、ん……」

目を閉じて、周平のことを考えないようにしながら、佐和紀はさらにキスだけをねだる。

「おまえをこの世界に置いておきたくない。周平を忘れろとは言わない。でも、あんな男とは一緒にいないでくれ」

懇願する声はせつなげに震えて聞こえた。

毛布にくるまった美緒を抱き寄せ、キスを拒まれたときも、悠護は同じようにささやいた。好きだと言われた。

こんな夜の世界は、美緒に似合わない。そうも言った。

「ゴーちゃん……」

呼び返した瞬間、佐和紀の胸に痛みが走る。周平を思い出して、奥歯を嚙みしめる。

あのとき。悠護から結婚しようと言われたとき。

自分が本当に女だったならと思った。手を伸ばせば安らぎはそこにあり、もう浮草のように揺られて生きることもないのにと思った。

どうして男として出会わなかったのか。どうして打ち明けることができないのか。

自分自身に問いかけながら、答えが出ないと思い込んだのは、信頼した誰かを傷つけたことに気づきたくなかったからだ。

見捨てた友人と、騙そうとしている悠護とが重なり、自分の傲慢な身勝手さをたまらなく憎みもした。

子どもを抱えて生きる女を助けたいだなんて、正義漢ぶった考えも嘘だ。ただ、真実を言いたくなくて、悠護の中では美緒のままでいたくて、傷つけることで傷つく自分がかわいそうすぎて逃げた。

「佐和紀……」

甘いささやきに胸が騒ぐ。

簡単なことだったのかもしれない。正体を明かすぐらい。

今になれば、そう思える。だけど、真実はもう、過去にしかない。

ベッドマットに手をついて、求める仕草でしどけなく足を開いた。周平とは違う手に膝を掴まれ、背をそらす。

ぼやけた視界の先にあるのは、薄汚れたプレハブの天井だ。

「ごめん」

佐和紀の絞り出した声は、はっきりと響いた。ハッとしたように顔を上げた悠護と視線が合う。

佐和紀は、躊躇しなかった。

一瞬、肘を曲げてから、のけぞったあごを引く。反動で起き上がるそのままの勢いで、額を悠護の顔にぶつけた。

鈍い音がして、悠護が鼻を押さえてのけぞる。

声も出せずにいるシャツを引き寄せ、佐和紀は拳を握った。

息を弾ませながら殴りつけ、間髪入れずに腹へもパンチをねじ込む。咳《せ》き込む悠護にのしかかり、佐和紀は獣の呼吸を繰り返した。自分を拘束していた紐《ひも》を手繰り寄せる。

「ほかに……ひと、は……」

唸るように聞く。

「いねぇ……待て、縛るな」

「うっせぇよ。黙れ。もう一発、入れるぞ」

息を乱したまま脅すと、顔を血だらけにした悠護は抵抗をやめた。

「痛ぇ……」

「鼻が折れたかもな」

せせら笑いながら、悠護の腕と足を縛る。もがき続ければ、はずれる程度だ。

「……んで、……強ぇ、んだ……よ……」

「昔からだ」

悠護のポケットを探り、見えるところに携帯電話を投げ置いた。その間にも佐和紀を襲う目眩は激しくなり、頭の奥で脈打つ痛みがわずらわしさを増す。

「あの頃は……、傷つけるのがこわかった」

両足を床につけ、ふらりと立ち上がる。まだ膝はしっかりとしていて、逃げられそうな気がした。

「その鼻で謝れば、俺の亭主も大目に見るだろ。よかったな」

「よくねぇだろ。待て、待てよ！」

叫ぶ悠護の声に背を向け、軽く手を振った。長居はできない。

このままクスリが回り切れば、動けなくなる。

プレハブ小屋を出た佐和紀は、よろけながら非常階段を下りた。少し動いただけで息が上がり、階段を何度も踏みはずしかける。警戒したが、ビルの外にも見張りはいなかった。薄暗い路地には、場違いな高級車が一台見えるだけだ。

現在地がどこかわからないまま、車から隠れるように道を選んだ。何も考えられず、ただひたすら喉が渇く。

同じようにクスリを仕込まれた去年の夏の記憶が甦り、いっそ交番でもいいから逃げ込みたくなる。そうするにしても交番を見つけなくては意味がない。悠護の携帯電話を持ってきていればといまさら後悔したが、それも無理だ。

京子の実弟にケガをさせただけでも気が重いのに、見捨てるなんてできない。

座り込んで、考えたかった。身体を動かせば、均衡を保つことに全意識が集中して何も考えられなくなる。でも、座り込めば最後、二度と立てない気がした。

動悸《どうき》が激しくなって足を止め、浅い息を繰り返す。汗が額を流れ落ちた。クスリを飲まされてさえいなければ、逃げ出す必要はなかったのだ。

「周平……」

名前を口にすると涙が込みあげた。奪われた眼鏡はどこへ行ったのかわからない。裸眼の目元をこすり、意識して深呼吸した。

「……いっ」

こめかみに疼くような痛みを感じ、顔をしかめて耐えた。

血の気が引き、不安が怒濤《どとう》のように押し寄せてくる。

催淫剤や媚薬と呼ばれるものに、今までまったく縁がなかったわけじゃない。でも、たいていは飲まされる前に暴れて逃げたし、飲まされても暴れた。

自分の過去をなぞると笑えてきて、佐和紀は街灯の明かりが届かない植込みの陰へ座り込んだ。身体が芯から重く、そして、吐き気の奥に渦を巻くような興奮が溢れ始めていた。

＊＊＊

その一報が入ったのは、支倉が組事務所の応接室に姿を現す直前だった。

泥酔している石垣はろれつが回っておらず、不明瞭な言葉は要領を得ない。そばで控える岡村に電話を渡した周平は、一礼して入ってくる支倉に目を向けた。

カッチリとしたブリティッシュスタイルのスーツを着た支倉が、無駄のない動作で近づいてくる。

手に持っているタブレット端末を差し出された。

「なんの真似だ」

「本郷から買いました」

画面いっぱいに流れている動画は、アダルトビデオにありがちな盗撮のアングルだ。映っているのは、ありきたりな応接ソファーで、二人の男が並んで座っていた。

一人はワイシャツにスラックスの中年。もう一人は若く、幾何学模様の毒々しいシャツを着ている。

中年は本郷だった。ソファーにふてぶてしく座り、隣に腰かけた青年の手を自分の股間へと持っていく。相手の頬に顔を近づけようとして拒まれ、相手のズボンに手を伸ばす。

うんざりと視線を背けた若いチンピラの顔がはっきりと映る。

「シン。電話を戻せ」

タブレットを眺めたまま手だけを伸ばすと、石垣とやりとりしていた岡村から携帯電話を渡される。耳に押し当てた周平は、鋭く声を放った。

「タモツ。落ち着け。支倉ならここにいる。迎えを寄越すから、電話を切るな」

号泣しているのか、嘔吐《おうと》しているのか。回線の向こうで、石垣が激しくむせる。

「場所はどこだ」

支倉を見据え、電話を再び岡村へ返した。

ソファーに座った周平は、背もたれに腕を乗せて伸ばす。

「幹線道路沿いにある『旅籠屋《はたごや》』の裏路地です」

支倉は素直に答えた。動画の流れるタブレットを周平に見せたまま、悪びれもせずに無表情を装っている。

佐和紀が支倉に呼び出されたことは、周平の耳にも入っていた。店の名前も、石垣から聞いている。相違はなかった。

タブレットの動画に映った若い佐和紀がくちびるを引き結ぶ。身に降りかかる屈辱を表に出すまいと必死に耐えていた。

周平が知っているよりも数段に安っぽいチンピラは、それでも強情な仕草が整った顔に映えている。音声が聞こえたら、こらえた息遣いが男の征服欲をさらにそそるのだろう。

画面から視線をそらし、映像は見えていない岡村に目配せを送る。

「石垣に迎えを回してやれ。……組の連中は、やめてやれよ」

根が真面目《まじめ》な男だから、暴行を受けて弱った姿を見られたくはないだろう。

周平の指示を受けた岡村が素早く動いた。応接室から出ていく背中を見送る周平に向かって、支倉は微塵《みじん》も表情を変えずに言った。

「相変わらず、盃相手には優しいですね」

「おまえには優しくしてないような言い方だな。佐和紀をどこへやった。おまえに会いに行ったことはわかってる」

「わかっていて放っておくなんて……あなたらしくもない」

「それは、おまえの頭の中の『あなた』だろう。昔からだな。その妄想癖は」

「私の思い込み以上の男だということは知っています」

「『だから、あなたのためなら、なんでもします』なんだろう？　それにしてはやりすぎだ。石垣はどうした」

「一緒に酒を飲んだだけですよ。ずいぶんと酔っていましたが、少し眠れば平気だと言うので置いてきました。迎えを頼まなかったのは失態でした。申し訳ありません」

慇懃《いんぎん》に頭をさげた支倉は、しらっとした表情で背筋を伸ばした。

「おまえの嫌いなヤクザのやり方だな」

「ヤクザ相手にはヤクザらしくと、そう教えられましたので」

「うるせぇよ！」

恫喝《どうかつ》に怯《ひる》むような相手じゃないことは百も承知で、周平は怒鳴りながら重いテーブルを蹴りつける。

「カマトトぶってんじゃねぇぞ、支倉！」

投げつけたタブレットはまっすぐ飛んで、避《よ》けもしない支倉の肩にぶつかった。跳ね返って飛んでいく。

「悠護と同類のてめぇが、ヤクザより汚いことぐらい、いまさらだ！ 出ていけ。顔も見たくない」

「いいんですか。私がいなくても」

感情の消えた声から視線をそらし、周平はタバコに火をつける。

「信義会の件は大詰めを迎えています。今ここで、私を……」

「黙ってろ。支倉」

タバコを口に挟み、ゆらりと立ち上がった。

「おまえの台詞《せりふ》なんてのは、聞かなくても頭に入ってる。毎回毎回、同じだからな」

くわえタバコのまま、指先で自分のこめかみを叩いてみせた。

「確かに、おまえを働かせていれば、俺の仕事のおおかたは片付く。よくできた男だ。でもなぁ、自分を大将だと思い込むようじゃ困るんだよ。おまえが動いてる世界の青図が、誰の描いたものか、わかってんだろうな？ 俺だよ。俺が描いた設計図通りのものを作るために、てめぇを働かせてやってんのも俺だ。……悠護から借りた金を返すのに躍起になってた頃ならともかく、補佐になってまで指図は受けない」

「助言です」

能面のような顔が色をなくし、周平は笑いながら灰皿の上でタバコを叩く。灰がはらり

しまう。

と落ちていく。

人には弱点があるものだ。

それが常に佐和紀へ行きつくのを、周平は他人事《ひとごと》のようにおもしろいと思う。惚れてしまった自分だけじゃなく、兄貴分の岡崎も、朴訥《ぼくとつ》とした舎弟も、そうだ。

そこへ悠護が仲間入りしたかと思えば、規律を尊ぶ支倉までもが佐和紀の存在に右往左往している。無視できない魅力だと言えば聞こえはいいが、突き詰めれば、究極のトリックスターだ。本人は一生懸命に生きているだけでも、周りを巻き込み、男の人生を掻き乱して狂わせる。

「うまく言うよな。おまえは」

周平は笑ってタバコを吸い込んだ。

京子に拾われ、悠護を紹介され、岡崎のために金と権力を設《しつら》えた。這い上がっていくのはゲームのように楽しかったし、ただ女を食いつぶして腐っていくよりは遙《はる》かに有意義にも思えたのだ。

「『御前』には俺から話をしておく。おまえなしの俺が不満なら、こっちから願い下げだ」

戦後から脈々と築かれてきたフィクサーのコネクションも、今となってはツギハギだらけで危うい。時代遅れの感もある。それでも死後のおこぼれにあずかろうとする輩は後を絶たないのだ。適所のコネを引き継げば利はあるが、反対にコネ元からタカられる可能性もある。

周平はつかず離れずの距離を守ってきた。

そうしろと言ったのは悠護だ。政治家や企業を巻き込む事件のどす黒い舞台裏を、決して当事者にはならず、時には莫大《ばくだい》な無駄金を払ってでも一歩退いて眺めた。

その経験は、頭ばかりデカいせいで欲に溺れ、女衒《ぜげん》にまで落ちぶれた周平の血肉になった。昔と違い、太い葉巻を勧められ、吸い方がわからないと戸惑うこともない。

「周平さん。あなたは何もわかってない。そういう態度が、私にこんな行動を取らせるんです。いまさら、降りようったって、そうはいかない」

「……降りるのは、おまえだけだ。支倉」

「いいんですか。私と縁を切れば、あの男は一生戻ってこない。それでも」

「……支倉ぁッ！」

苛立《いらだ》ちが募り、周平は腹の底から怒鳴った。部屋の壁がびりびりと震え、青白い顔をした男の顔に苦渋が広がる。

「てめぇが佐和紀を売っただけでも、はらわた煮えくり返ってんだよ。これ以上、つまんねぇこと言いやがったら、人格が崩壊するほど犯すぞ。望んでるなら突っ込んでやるから、グダグダ言ってねぇで、ケツさらして這いつくばれよ」

周平の勢いに押され、支倉がよろけるように後ずさる。

「イラついてるときの俺を忘れたわけじゃねぇよな」

タバコを揉み消して、一歩近づく。

佐和紀がハートのエースでも、ジョーカーでも、トリックスターでもかまわない。

周平にとっては、ジャックで、キングで、クィーンだ。

人生という名前のゲームの中で、佐和紀よりも強いカードは存在しない。

「あんな男の存在を認めるわけにはいきません」

「出ていけ。支倉」

「できません」

微動だにしない支倉はごくりと息を呑む。周平は、上下する喉元を見据え、形よく結ばれているネクタイを摑んだ。

スーツから引き出し、それ以上逃げられないように絡め持つ。

「じゃあ、そろそろ、俺とおまえの関係にも答えを出すか」

助言という名の指示に従って、自分の意思を曲げたことも一度や二度ではない。情の絡んだ関係を断ち切り、すがってくる舎弟を見殺しにしたこともある。

それが人として間違っていても、一飛びに地位と財産を作るためには避けて通れない犠牲だった。悔やんだことも、恨んだこともない。

支倉を睨みつけた周平は、表情の読めない男の内心を想像した。

「佐和紀をダシに使ったな」

頭の中で、ふいにピースがハマる。

線を引いたようにはっきりとした二重の瞳を覗き込むと、黒い闇の中に自分の姿が見えた。にやりと、淫らに笑う。

「いつから仕掛けてた。結婚してすぐか」

もらった嫁が男だと、支倉はやっぱり知っていたのだ。

「何の、話です……」

支倉が視線をそらした。

この一年半の間、夫婦になった二人を泳がせていたに違いない。

岡崎を組長に押し上げ、組を抜けた後を支倉は気にしているのだ。実業家になるのか、裏社会のフィクサーに使われてやるのか、それはまだ選びきれていない。そもそも、どこへ進むと決めてかかる世界でもないはずだ。

「どうして、あんなチンピラが相手なんですか。そんなくだらないことで足元をすくわれるのは嫌なんですよ！　あなたの顔に泥がつくのを、黙って見ていられません」

強く言い切る支倉の頰を、周平は平手で殴った。高い音が部屋に響く。

「佐和紀を試すような真似をしやがって」

笑いながら、周平はネクタイから手を離した。

「身を売って、悠護のところへ行けと話をしたんだろう。佐和紀は断ったんだな」

「あの男がどうなるか、心配じゃないんですか。今頃、本郷に犯されてるか、それとも男たちに」

「ない。それはありえない」

周平は肩を揺らしてソファーに沈んだ。

「書類だけで佐和紀を判断してると、痛い目を見るぞ。あいつの場合は特に」

佐和紀に手を出そうとした男たちがどうなったか。そんな些末《さまつ》なことは調書に上がってこない。

佐和紀の歓心を得ようと必死になっている本郷が、いまさら佐和紀を拉致して犯すはずもなかった。信義会に関《かか》わってババを引いたのも、あの男なりに佐和紀を想ったからだ。

「佐和紀は自分で帰ってくる。まぁ、見てろよ」

「まさか。それは」

視線をそらして失笑する支倉が、ネクタイの乱れを直し、スーツのジャケットを整える。

本郷に引き渡したような素振りをしているが、相手は悠護だろう。あの男なら、今すぐにでも海外へさらっていける。

周平は眉をひそめ、しばらく宙を睨んでから口を開いた。

「俺の嫁には、おとなしくて従順な女がよかったか？」

「そういうタイプがお好みだったはずです。少なくとも、金のために媚を売るような薄汚い男はふさわしくない」

「……同じようなことをしてきた俺に言うなよ」

「だとしたら、あの男は、男を食いつぶすってことです」

「たとえば、本郷か」

「……あの男の気味の悪さも耐えがたい。あんなチンピラに入れ込んで、本気であなたに勝てると思っているなんて」

傍《はた》から見ればそういうことになる。でも、実際は違う。

信義会の騒動にこおろぎ組全体ではなく本郷だけが関係しているのは、個人的な利益を優先したからじゃない。佐和紀の色仕掛けにほだされる前からずっと、本郷は一貫している。岡崎を蹴落とそうとしていても、佐和紀の願いだけは見捨てられない。

だからこそ岡崎は、こおろぎ組の若頭に本郷を推したのだ。佐和紀が関係している限り、あの男はこおろぎ組を裏切らない。そのはずだった。

「佐和紀が悪いよなぁ。こおろぎ組の役に立たせようと思って粉をかけたつもりが、正反対の結果になったわけだからな」

「なにをノンキに」

眉をひそめ時計を気にする支倉に、本当のことを教えてやるつもりはなかった。

本郷の思惑がどこにあるにしても、現実は変わらない。失脚はもう目前にまで迫っているのだ。佐和紀を求めすぎてトチ狂った男は、もうこおろぎ組にふさわしくない。

「お出かけになる時間ですね。車の用意をさせます」

何事もなかったかのように振舞う支倉に促され、周平は立ち上がりながら言い返した。

「何もかも計算ずくか」

この後のスケジュールはキャンセルができない。それも支倉の計算通りなのだろう。佐和紀のもとへ行かせるつもりなど、あるはずもない。それを承知で、周平も逃げ出す気はなかった。

「おまえはどこへ行くんだ」

「本郷と会います。信義会が撒《ま》いた金を回収しますので」

正確に言えば、その金は支倉が別のルートから信義会へ流したものだ。

信義会を慢心させ、反岡崎派をあぶりだすための手段だった。佐和紀のことを想った本郷は、本人のあずかり知らぬところで周平たちの思惑に乗せられていたのだ。

信義会に加担することでしか、こおろぎ組を守れないと思わせたのは、これを機会に本郷を土俵から追い出すためでもある。

もう少し利用できると思っていたが、佐和紀の行動で周平と岡崎は考えを変えた。二人の仲が親密になるのは、それが利害を絡めていてもおもしろくない。

「嫌な役は私がやります。あの男のためにかき集めた金だ。出し惜しみはしないでしょう」

支倉の言葉の裏に隠されている本当の意味を理解したが、引き止めはしなかった。言葉にしなければ、背負うことのない罪というものもある。

金の回収は真の目的じゃない。信義会の総入れ替えと本郷の失脚は、反岡崎派の中に一石を投じるものだ。それは見せしめでもある。

本郷がどの程度のケガで済むのかは、『嫌な役』を受け持つ支倉の胸先三寸だ。

「勘違いしないでください」

支倉が視線を向けてくる。

「あの男をあきらめろとは言いません。悠護さんが飽きるまで、我慢できれば本物だと言っているんです」

「……支倉」

眼鏡を指先で押し上げた。どんなに苛立ち、意見の相違で揉めたとしても、切り捨てることのできない存在を見つめた。

それでも周平は捨ててやると叫び、支倉はその言葉が現実になりはしないかと怯《おび》える。

そうやってしか信頼し合えないのだ。

そして、使命を最優先させる支倉だからこそ、信用に値する。頭の中を空にして背中を預けても、全方位に目を配ってくれる安心感は結局、何物にも代えがたい。融通が利かず、大いに堅物でも、そこはそれだ。

「おまえが恋をしても、俺は文句をつけたりはしないからな。心配するなよ」

ポケットに手を入れ、くちびるを歪めた。からかいの笑みを投げ、すれ違いざまに肩を叩くと、唖然とした表情で支倉が振り返る。

ドアを開いた周平は、外で待っている岡村に気づいた。

真剣なまなざしの中に必死さが見え、佐和紀の状況を知ったことが雰囲気で伝わってくる。

「たいした問題じゃない。外にばれないようにしてくれ」

必要なことだけを口にすると、岡村は声をひそめた。

「本郷が噛んでます」

「噛ませるわけないだろう」

人の悪い笑みを浮かべ、周平は生真面目な舎弟の肩を叩いた。

すぐにでも本郷を刺しに飛び出しそうな顔がおかしくて、わざと近くから覗き込む。本当の相手が悠護だと知っても、岡村はやっぱり刺しに行くだろう。

「タカシを呼び戻してくれ。内々で捜索させろ」

身体を引いた岡村がこうべを垂れる。

「おまえたちにまで侮られたら、あいつの立つ瀬がないぞ」

「そんなつもりは」

「ないよな？　頼りにしてるぞ」

手の甲でもう一度、軽く肩を叩いてその場を後にする。

「本当に自力で戻ってくると思っているんですか」

エレベーターホールで支倉に追いつかれ、周平はネクタイを締め直して笑った。

「そうじゃないなら、おまえに合わせて仕事に出たりするかよ。恐ろしいのはな、あいつを優先させて仕事に穴を開けたってバレたときだ。おまえも嫁をもらってみろよ。このこわさがわかるから」

今躍起になって探したところで、佐和紀はすでに悠護の手に落ちているだろう。そこが、周平にとっては安心材料だ。

傷つけることが目的じゃない人間の手元にいるのなら、佐和紀の力技はいくらでも効果を発揮する。

「どうして笑うんですか」

おもしろくなさそうに問われ、周平は眼鏡を指先で押し上げた。

「そのうちわかるよ、おまえにも。……でもな」

開いたエレベーターの扉を押さえ、周平は振り返った。

「もしも佐和紀が傷つけられていたら……、責任はお前に取らせるぞ。覚えておけよ」

目の前に立つ支倉の顔が不満げに歪む。

「相手が、悠護でもだ」

追い打ちをかけて、周平はエレベーターの中へ入った。

＊＊＊

草履もどこかへ行き、焦げ茶の足袋《たび》だけが目に入る。

道路は薄暗くて静かだった。オフィスビルの窓明かりもほとんど消えている。

石垣が無事なら、周平には連絡が回っているはずだ。待っていれば、誰かが探し出してくれる。それなら、どこか、身を隠せる場所を探した方がいい。

佐和紀は、混乱している自分自身に言い聞かせる。利口になれと言った岡崎の言葉が胸をえぐり、知りすぎない方がいいと言う周平の優しさに苦しくなる。

バカが多くを知っても惑うだけだとわかっているから、いつも小出しにしかしない。仕事にしても、愛情にしても。

選択肢が少なければ生きるのは楽だ。でも、迷いの答えにはたどり着けない。

自分の髪を掻き乱し、佐和紀は足袋の裏でアスファルトを踏みつけた。

熱を帯びた身体が火照り、刺激を求めた肌が粟立《あわだ》つ。考えがまるでまとまらない。

「どうか、しました……か？」

人の足が見え、声が耳に届いた。ゆっくり顔を上げると、見知らぬ小太りの男が腰をかがめていた。

残業帰りのサラリーマンだろう。書類で膨れ上がったカバンを持ち、佐和紀と視線が合うなり、慌てふためいた。

「血が、血が……っ。き、き、きゅうくうしゃを」

ろれつが回らなくなる男のズボンを、がしっと摑む。眼鏡がないせいで、距離感が摑めない。

「電話」

「え、は……」

携帯電話を差し出され、首を左右に振った。

「電話、あるところ……教えろ……」

「え？　私のをどうぞ」

佐和紀はもう一度、首を振った。暗記している唯一の番号は、周平の携帯電話だ。着信履歴は残せない。

「ええと、ええと……。あぁ、そうだ」

ポケットから取り出したハンカチで額を拭い、男は斜め向かいのビルを指差した。

「あそこの一階なら、公衆電話がありますよ。この時間ならまだ開いているはず……」

車道を渡った先のビルを指差され、佐和紀は力を振り絞った。ぐらりと揺れながら立ち上がり、支えようとする男の手を払った。

「触るな」

威圧すると、男がふらりと離れる。

「ケ、ケガはないんですね。大丈夫ですか」

人が良すぎて損するタイプだ。つかず離れず、車が通りもしない車道を渡る佐和紀に付き添い、一階が駐車場になっているビルの前まで誘導してくれる。

「この階段の上のロビーにあります。手を貸しましょうか。大丈夫ですか」

「うるさい。黙ってろ。……もう、いいから、……関わるな」

警戒するほどの相手でもない。こういう相手がヤクザの食いものになるんだなと、妙に冷静な気分になりながら睨みつけた。

「こ、ここで待たせてもらいます。もしも、倒れたら、大変じゃないですか」

階段を上がった先のガラス戸を押し開いた男が、似合わない正義感をちらつかせて胸を張る。虚勢が透けて見え、

「余計なお世話だ」

佐和紀は笑いながら脇をすり抜けた。中へ入ってすぐに振り返る。

「小銭、あるか？」

帯に挟んでいた小銭入れがないのは、ワゴン車の中か、運び出されるときの袋の中で落としたのだろう。もともとタバコ銭の千円札を入れてあっただけだから、懐に入っていたところで公衆電話には使えない。

「これを……」

あたふたと尻ポケットから財布を取り出した男は、一枚のテレフォンカードを差し出してきた。水着姿のアイドルが、古ぼけた笑顔で髪を押さえている。

もしものためというよりは、若い頃の名残だろう。後生大事にしていたはずのカードを受け取り、佐和紀はタイル敷きの狭いロビーを横切った。

テナントの郵便ボックスが壁に並び、狭いエレベーターホールの内装も古めかしい。その脇に、緑色の公衆電話があった。

カードを吸い込ませ、番号を一息に押す。

何度か呼び出し音を繰り返した後、佐和紀の耳に男の声が聞こえた。

はい、とだけ短く答えるそれは、周平じゃない。

「シン……」

つぶやくと、電話の向こうの岡村が焦った。周平の携帯電話に岡村が出ることは珍しくない。どこにいるんですかと息せき切って尋ねられ、ここはどこだろうかと思う。

矢継ぎ早に質問するような取り乱し方をしないのが、やっぱり岡村らしかった。連絡がついたと思うと、張り詰めていた気持ちがぷつんと途切れる。また涙が出てきた。

「迎えに、来てくれ」

『行きます。どこからかけてますか。誰か摑まえて聞けますか？　公衆電話なら横かどこかに整理番号があるはずです』

「周平には言うな。悠護を殴った……」

筐体《きょうたい》の横に記載されている番号を見つけて伝える。

『すぐ行きます。今、安全ですか。追手は？』

「ない。……なんか、飲まされた。だから、おまえだけ、来て」

『わかりました。おっしゃる通りにします』

周平が出なかったことに安心する佐和紀は、そんな自分が間違っているような気がした。本当なら、周平の声を求めるべきなのだ。でも、それはできない。

支倉を殴り、石垣を犠牲にしてでも、あの店の前で抵抗するべきだった。そして、クスリを飲まされる前に逃げるべきだったし、そもそも、支倉の誘いに乗るべきじゃなかったのだ。

自分は何もできない。少し利口になったつもりで、自分を過信しすぎた。周りに守られ、周平に甘やかされているだけなのに、本郷も味方につけられると思っていた。

現実はまるで違う。

受話器を戻して崩れ落ちると、カードが吐き出された。抜き忘れ防止の電子音が鳴る。

悠護を殴るぐらいなら、支倉を殴ればよかった。悠護をケガさせたことで周平の立場を悪くしたかもしれないと思った瞬間、胸が詰まった。

役に立たない男だと思われたくない。

期待を裏切りたくない。周平の心を掻き乱して、足を引っ張る存在になりたくない。

マイナスの感情が駆け巡り、支倉の気苦労がいまさらにわかる。

同じことを願っているだけだ。形は違っていても、お互いに、周平らしくいて欲しいと思っている。

それが周平自身の望む形かと問われれば、佐和紀の想いも怪しくなる。本郷にしたようなことを、周平は望まないだろう。

頭が割れるように痛み、吐き気がした。

6

バスルームの床を叩くシャワーの音が嗚咽《おえつ》を消す。

水流に押し流されていく胃液を見るともなく眺めていた佐和紀は、頭からびしょ濡れになった下着姿でふらりと立ち上がった。

ラブホテルの洗い場は、人一人が横になれるほど広い。そこへ脱ぎ散らかした着物もずぶ濡れになっている。その汚れ物の上に下着を脱ぎ捨て、出しっぱなしのシャワーを止めるのも忘れた。

床を打つ音だけが理性を引き止めている。

激しく息を繰り返す肩を壁に預け、脱衣所に置かれたバスローブに袖を通す。洗面台の大きな鏡に映る自分の顔が見えず、水滴の落ちる髪を一振りした。バスタオルを摑んで一歩踏み出すと、足がもつれて身体が傾いだ。

ドアにぶち当たり、外へと転がり出る。

「大丈夫ですか！」

慌てて走り寄ってくるのは岡村だ。佐和紀を引き起こすと、はだけたバスローブの前をかき寄せる。腰紐を結んだ。

「どこか痛めませんでしたか」

ベッドへ連れていかれ、両肩を抱かれたまま腰かけた。

「髪を拭きますから」

スーツのジャケットを脱いだ岡村が、白いシャツ姿で新しいバスタオルを取って戻る。

部屋にあるのは、大きなテレビと味気ないソファーセット。それからマッサージチェアとスロット機。

佐和紀たちが座るダブルベッドの枕元《まくらもと》には、いくつものスイッチが並んでいた。

電話をしてからどれぐらい待ったのか、その間の記憶が佐和紀にはない。ロビーの外に出ると、小太りなサラリーマンが心配そうに待っていて、手を借りながら階段を下りた。

その後はもう会話にもならなかった。身体はとっくに限界だったのだ。

道の端へとふらつきながら吐いて崩れ落ちると、サラリーマンが慌てふためき、救急車を呼ぼうとするのを思い止《とど》まらせるのに無駄な労力を使う羽目になった。

「車、ごめんな」

目の前に立つ岡村の胸元をぼんやりと見た。

おそらく、あの高級車の後部座席は、佐和紀の吐いたものでひどい有様になっている。

「大丈夫です。気にしないでください。気分は、どうですか」

ここが一番都合がいいからと、駐車場付きのラブホテルに入った岡村の決断は間違っていなかった。

佐和紀を引きずるように抱きかかえながら手慣れた様子で部屋を選び、何もしませんと言ったときの必死な声を思い出すと笑えてくる。

「……いいわけないだろ」

髪を拭かれている間も身体はぐらぐらと揺れ、胃のあたりがまだ苦しかった。

「そうですよね。すみません」

「謝るな……」

ふとした拍子に岡村の手がうなじに触れ、佐和紀はびくっと身をすくませた。じんっとした痺れが走り、とっさに手を振り払う。

「治まりませんか」

「効きにくいタチだって……、周平はっ……」

「クスリが抜けきるまで、離れています。アニキに連絡して、来てもらいますから、寝て待っていてください」

きれいにベッドメイクされた掛け布団を剝ぎ、岡村が去ろうとした。その腕を、摑んで引き止める。

振り返る顔を見上げ、首を左右に振った。岡村も同じように首を振る。

「ダメですから」

「呼ぶな」

「ダメですから」

岡村は繰り返した。

「クスリは効いてます」

そう言って視線をそらすのは、佐和紀の顔に出ているからだ。熱いシャワーのせいだけじゃなく、佐和紀の頬は紅潮し、目は焦点もうつろに潤んでいる。

「アニキに対処してもらうのが一番です」

「シン……」

低くくぐもった声で、佐和紀が引き止める。

「一人にするな」

「同じ部屋にいます」

「ムリ……」

泣き言だった。腕を離した手が震え、佐和紀はこらえきれずに自分の身体を抱きしめる。寒いわけじゃない。身体は熱く火照っているのに、芯から震えてしまう。

「勘弁しろよ……。こんなとこ、見せたくねぇんだよ」

涙が込みあげる。くちびるが震え、揺らぐ視界の中に岡村を探した。

苦しさから解放される方法は知っている。

効きにくい体質なのは、薬剤を受けつけずに嘔吐するからだ。でも、吐き出しきれないわずかな分量は身体に残り、普通以上の効き目を見せる。

肌が熱を帯び、やり過ごそうとしても、ふとした拍子に息が上がる。

周平ならどうにかしてくれるとわかっていた。頼るのは、周平でなければいけないことも、ちゃんと知っている。

でも、強がる気持ちを捨てきれず、自分の中だけで終わらせたかった。愛し合って身も世もないほど乱れるのと、他人から仕込まれたクスリで前後不覚になってしがみつくのは別の話だ。たとえ、周平が諸手《もろて》をあげて喜ぶのだとしても、失態をさらすことには耐えられない。素直になれと言われても、これは性分だ。男だから、痩《や》せ我慢しかできないことだってある。

「手伝えとは、言わないから……っ。シン……。頼む、からっっ」

「佐和紀さん……」

戸惑う腕が、崩れ落ちる佐和紀を抱き止めた。

シャツから感じる匂いは別の男のものなのに、頬に触れる生地の感触に周平を思い出す。

パチンとスイッチが入り、バスローブの内側で、太ももがざわざわと粟立った。肌が敏感になり、頭の芯が痺れる。

周平と出会う前にも、クスリを仕込まれたことは何度もあった。逃げ出した後、同じように吐いたことも一度や二度じゃない。その後でどうしたのか。ふいに思い出してせつなくなる。逃げ込んだ路地裏で、もどかしく処理をした記憶だ。声をこらえ、息をひそめ、屈辱の中で射精した。

あの無力感を、周平の腕では思い出したくない。

「佐和紀さん、しっかりしてください。佐和紀さん」

岡村が呼びかけてくる。その声が遠く聞こえ、佐和紀は髪を振った。取り戻そうとする理性が手の内をすり抜け、頭の中に薄いベールがまとわりつく。

自分がどこにいるのかわからなくなり、意識は遠のきそうで消えなかった。現実と錯覚の微妙な狭間《はざま》に、意識がゆっくりと沈んでいく。

「周平……」

シャツに手のひらを押し当て、襟へと指で這い上がる。そのまま首筋に腕を絡めた。

「……ちがう」

そうわかっているのに、声にも出せるのに、頭の中では完全に周平のことしか考えられなくなる。頬に感じた人肌の熱さに吐息が漏れ出た。たまらず身をよじらせ、目の前のボタンをはずす。

岡村が何かを言った。手を止められ、強く抱き寄せられる。

「くるしい……。周平っ……。苦しい」

すがりついて、解放して欲しいと甘くねだった。

身体の中心は痛いほどに熱を帯び、ジンジンと脈を打つ。

クスリのせいで興奮しているのか、それとも、危機を脱出した高揚感が性欲を呼ぶのか。

どっちにしても、周平を待っている暇はなかった。

でも、待っている。周平を待っている。腕と声と言葉と、いやらしい動き方。

バスローブの裾を乱し、自分の手で股間を握った。

ここではダメだと思えないほど、本能だけが渦を巻く。先端を包んだだけで腰が震えた。

それと同時に、岡村が動く。腕を振りほどかれ、身体が遠のいた。放っておかれても股間からは手をはずせず、佐和紀は強く目を閉じて身をかがめた。

足先まで震えるほどに気持ちがよくて、自慰がもう止められない。

「……や、だっ……」

震えながら呼吸を繰り返すと、バサバサと布地を振り回すような激しい音がして、佐和紀は柔らかな布団で包まれた。

「何も、聞こえませんから」

岡村の声は、部屋に流れ出した大音量のロックミュージックに紛れて聞こえた。

顔も隠されたが、掛け布団越しには男の硬い胸板の感触があり、ぐっと巻きついてくる腕は力強い。放っておかれたわけではなかった。

「んっ……、は、ぅ……」

そこにいるのが周平ではないと、一瞬だけ理性が戻る。でも、もう駄目だった。屹立《きつりつ》を握りしめているだけで、身体が記憶をたどり、周平との行為を追いかける。

腰がびりびりと痺れ、息がまともに吸い込めなくなる。

「周平……っ。やだ……助け、……んっ、ん……触って。……さわって、しごいて……欲し……っ」

「佐和紀さん……っ」

布団から抜け出すことは許されなかった。しがみつくように拘束する岡村の力は強く、自分では発散しきれない欲の深さに佐和紀は身悶《みもだ》える。

「出せば、楽になります、から……っ。だからっ……」

「……無理っ。……でき、な……っ」

いつになく膨張した屹立は敏感で、手でこするだけでも感じすぎてしまう。

何度も周平を呼び、何度も懇願した。

そのたびに返ってくるのは岡村の声だ。当然のことなのに、理性と現実感をなくした佐和紀は悲しくなる。

「して……くれ……っ。シン。して……」

そこに岡村しかいないなら、もうしかたがなかった。

感じすぎて制御が利かず、胸が張り裂けそうに早鐘を打つ。

「……勘弁してください。……すみません、すみませんッ……！」

岡村が叫んだ。佐和紀の声を打ち消すように息を弾ませ、何度も何度も繰り返す。互いの声が痛々しい悲鳴になり、味気ないラブホテルの部屋が混沌《こんとん》に包まれる。

ロックのギターとドラムが大音量で鳴り響く。その中に、二人分の感情のすべてが飲み込まれていった。

＊＊＊

抜け出せないスケジュールを一通りこなし、大滝組の屋敷に戻った周平は、そのままの足で若頭夫婦の住まいへ向かう。

佐和紀と暮らしている離れとは、母屋を挟んで反対側に位置する二つ目の離れだ。

部屋住みに案内されて居間へ入ると、ソファーには一組の男女がいた。よくよく見れば目元が似ている二人は、血の繋がった実の姉弟だ。

「やられましたか」

笑いながら肩をすくめた周平は、三井を部屋の隅で待機させる。ソファーへ座り、おもむろにタバコを取り出した。

「『こおろぎ組の狂犬』だと、調書にも書いてあったと思いますが」

横長のソファーに寝転がる悠護の鼻には大きなガーゼが貼《は》られていた。むすっとした顔で起き上がる。

事の顛末《てんまつ》は、京子から電話で聞かされていた。文倉に拉致させた佐和紀を悠護が回収に向かい、誘拐してしまうつもりが返り討ちに遭ったという話だ。

「詰めが甘かったですね。まぁ、大方、スケベ心を出して足元を見られましたね」

「当たり前みたいに言うな」

ケガが痛むのか。顔をしかめた悠護はむっすりとしてくちびるを引き結ぶ。

頬や目元には打撲のアザが浮かび、腹に手を当てている様子から殴られたのは顔だけじゃないとわかる。

周平の視線に気づいた京子が、横から口を挟んだ。

「鼻は腫《は》れてるだけだし、骨には異常ないみたいだから大丈夫よ。手加減したのね」

「加減してあれかよ。寄ってたかって半殺しにされたときだって、あんなに重いパンチを食らったことねぇっつーの！　あんなにしっとりした着物姿でいられたら、誰だってかよわく思うだろう。くそっ……！」

苛立ち紛れに悠護がテーブルを蹴りつけ、立ち上がった京子が弟の後頭部を張りつけた。

「悪態ついている場合なの？」

「わかってるよ……、わかってる。……佐和紀はまだ、見つかってないんだろう？　あんな……クスリ、飲ませてるんだワ」

悠護の視線がつつっと逃げ、周平は静かに息を吐いた。

「逃がしてどうするんですか。ヤッてでも引き止めている方がまだマシだ」

「本気かよ。人でなし」

「人の嫁に媚薬を仕込む男に言われたくない」

「けど、やる気マンマンでキスしてきて……っ、いってぇよ、姉貴！　脳しんとう起こしかけたんだから、やめろよ。殴るの！」

パステルブルーのセーターを着た京子は、あきれたように弟を見た。

「本気と嘘の区別もつかないなんて、本当にバカね」

「俺の仕込んだキスでうっとりさせられて、油断したわけですね。それはバカだ。その上、街中に逃がすなんて……」

「猫を探すよりは簡単だろう」

そっけなく口にしていても悠護の目には後悔が浮かんでいた。まさか失敗するとは思いもしなかったのだろう。

佐和紀のことを、去勢されたオスだと軽く見たせいだ。

「探させてはいますが、そういう状態ならしばらく出てこないでしょう。クスリが抜けるまでは隠れていると思いますよ」

「心配じゃないのか」

「反省したのかしてないのか、どっちなんですか」

まっすぐに見据えて、タバコを口に挟む。

京子に連絡をもらって一時間もしないうちに、事務所を出ると岡村から連絡があった。その後で電話も通じないのは、媚薬を仕込まれた佐和紀と抜き差しならない状態に陥っているからだろう。

佐和紀に惚れてしまった岡村の気持ちを放置し続けたのは、こういうときのためだった。周平が大事にしている人間だから守るという使命感よりも強い動機が岡村にはある。

そして、クスリで乱れた佐和紀に手を出せるような男じゃない。

「もう少し焦ったらどうなんだよ。本当に、あの子の相手がお前だなんて最低だな」

悠護が不満げにくちびるを尖らせた。

「焦ってどうなるんですか。現実の何が変わるんです」

「本当に好きなんだろうなぁ？　身体の相性がすべてだとか、言うなよ。おまえに半殺しにされるかと思ってだな……。姉貴を呼んだのに」

ため息をつきながらタバコをくわえる悠護は、がっかりした顔で周平を見た。反省なんて微塵もしていない。いつもの軽薄な表情でタバコに火をつけ、悠護は片膝を抱き寄せた。

「おもしろくねぇなぁ、おまえは」

　膝の上にあごをのせ、くわえたままで煙を吐く。目を細め、拡散した煙が消えかけてから、タバコを灰皿へ置いた。

「支倉から目の敵にされてる理由はわかってんだろうな」

　周平を見据え、それから背後に立つ実姉《じっし》を仰ぎ見る。

「二人して何を企《たくら》んでるのか。そんなこともわからない支倉じゃねぇだろ」

　佐和紀を一人前の男にしようとしていることだ。

「察しているなら、それでいいじゃない。どうせ、あの男は大滝組がどうなろうと知ったことじゃないのよ。自分のための周平さんが無事ならそれでいいんだから」

　つんっとあごをそらしてソファーに座る京子を目で追い、悠護は楽しげに肩をすくめた。

「なぁ。義兄《にい》さんは承知してないんだろう」

　悠護の一言に、京子が顔を上げ、周平も視線を向ける。

「本気で、佐和紀を幹部にと思ってんの？　支倉でなくても疑問だろ。まぁ、岡崎さんは別の意味で嫌がるだろうけど。こおろぎ組の組長も、カタギに戻したがってんだろう？」

「それはもう済んだ話だ」

　周平もタバコに火をつけた。

支倉が佐和紀を嫌う本当の理由が、思わぬところではっきりした。周平の人生に食い込む京子のことも疎ましいのだ。岡崎を組長に据えれば周平はヤクザ社会から手を引く。そう思っていたのに、嫁である佐和紀の裏に京子がいては今までと何も変わらなくなる。

これからも京子に利用されると危ぶんだのだろう。

周平には利用されてきたつもりがなくても、支倉にはそう見えるのだ。それぐらい、周平は今まで岡崎夫妻のために働いてきた。

「佐和紀の生き方は佐和紀が決める」

「あの子は、カタギになんてなれないわよ」

「……意見が割れてんじゃん」

二人を見比べた悠護はニヤニヤと笑う。

「割れてなんかないわよ。時期の問題……」

京子が言葉を切り、部屋の隅を振り返った。ちょうど電話に出ている三井が、自分への視線に気づいてぺこりと頭をさげる。

そのまま、そそくさと部屋を出ていき、

「うっかりしてたわ」

京子は肩をすくめた。

「あいつは言いませんよ」

バカなようでいて、肝心なところをきっちり押さえる。若手の制裁役を受け持っているだけに、情報を漏洩《ろうえい》させた後の恐ろしさをよく知っていた。

「そういや支倉は？　連絡が取れなくなってるけど」

悠護に聞かれ、周平はタバコを口から離す。

「信義会の後始末だ」

悠護の目が一瞬だけギラッと獰猛《どうもう》になり、周平は落ち着き払って目を伏せた。

「悠護さん。余計なことを依頼してないですよね？」

「余計なこと？　何の話だ。おまえの手間が省けるぞ」

笑っているのは口元だけだった。支倉が見せてきた動画を、悠護も見たのだろう。

「周平、これは俺の私怨《しえん》だ。俺の美緒が傷つけられた証拠を見過ごせねぇんだよ。……これからも、あぁいうのが出てきたら、俺は捨て置かない。てめぇも、少しは嫁のことを考えろ。形だけでも焦ってみせたらどうなんだ」

「俺が慌てれば、組全体が揺らぐことぐらい知ってるでしょう」

「うぬぼれんな。若頭ならともかく……」

はぁっと重いため息をつき、悠護はタバコを揉み消した。

部屋を出ていた三井が戻り、周平の背後に回って身をかがめた。

「支倉さんから、電話が入りました。引き続き、人と会うそうです。それだけ伝えてくれって話でした。それから、ケイタイが繋がらないと、それはもう、おまえが嫁かってぐらいに怒ってました……」

「そのまま言っておいてくれたんだろう」

身体をひねり、ソファーの背に腕を置いて笑いかけると、三井はしかめっ面の前でせわしく手を振った。

「冗談じゃないですよ。そんな勇気ないです」

「おまえが言えば冗談になる」

「なりませんって！」

長い髪をひとつにまとめた三井が顔を歪める。

「情報は岡村にも回しておいてくれ。何か、連絡はあったか」

「ありませんけど、ＧＰＳが入っているので場所は特定できます」

「行くか？」

「車を回します」

「ダメよ、周平さんは行けないわ。弘一が帰ってくる」

割って入った京子が時計に目を向ける。

悠護がうんざりした顔で京子を見た。

「……ここは義兄さんより、嫁を取る場面だ」

「そうかもしれないけど。居てもらうわ。悠護、あんたのケガについて、口添えが必要よ。帰ろうとしてもダメよ」

腰を浮かしかけた悠護が静かにソファーへ戻る。

「……叱られるの、殺されんの。どっち？」

京子がふふっと笑う。

毎日、何億もの金を動かし、ヨーロッパの社交界にも出入りしているのに、悠護は義理の兄に頭が上がらない。そのくせに佐和紀を盗んで逃げようとするのだから、やることが大胆だ。成功すればなんとでもなると思っている。でも、悠護はしくじった。

「いっそ、殺されてみたらいいんじゃない？」

女であるがゆえに表へ出られない京子にとって、今の佐和紀は大事な『妹分』だ。一人前の男にしてやろうと、それはもう大切に教育している。

顔では笑っているが、悠護の行為に腹を立てていないはずがなかった。

「三井。あんたは行きなさい。岡村に迎えを頼んだなら、周平が行っても喜ばないわ」

「マジかよ」

唖然とつぶやくのは悠護だ。

「当たり前でしょう。古いタイプの男なのよ。好きな相手の前では意地を張るの。そういうことね。周平さん」

京子が振り向いた。周平はうなずきを返し、それから、三井を外へ出した。

すぐに駆けつけたい気持ちはもちろんある。

そのつもりになれば誰の指図も受けない。でも、行くに行けなかった。佐和紀がそれを望んでいないのだ。

「意地を張れるなら、まだたいして悪い状況じゃない。これで俺が動けば、弘一さんは大変なことが起こったと思うから……」

視線を悠護に向けると、また腰を浮かせる。

「さて、うちの人が帰ってくる前に、慰謝料の話をつけておこうかしら」

足を組み直し、京子はさらに微笑んだ。

「いや、もらうほどじゃないし」

岡崎と会いたくない悠護は落ち着きをなくし、そわそわとタバコを弄《もてあそ》ぶ。

「何を言ってるの。佐和紀に対する慰謝料よ」

京子からピシャリと言われ、悠護がタバコを取り落とした。

「ケガしてんだけど……」

「正当防衛でしょ？　望んでもないクスリを飲まされて、あんたみたいなチンピラに襲われかけたなんて、あの子の心は傷ついているわ……。それとも何かしら。クスリでラリってれば、強姦《ごうかん》も和姦になるって言いたいわけ？」

「い、言いません。周平、おまえ、笑ってんなよ！」

怒鳴りつけられたが、何食わぬ表情を返す。

「悠護さんは、天才なのかバカなのか、わかりませんね」

「うるせぇんだよ！　ヤクザの血が入ってて、利口なわけがねぇだろ！」

「悠護ッ！」

京子がたしなめるように声を張りあげる。

そこへ岡崎が現れた。

「何やってるんだ、おまえらは。……どうした、悠護」

ダブルのスーツを脱ぎながら、不思議そうに首を傾げた。その姿を見た瞬間、悠護が飛び上がる。鼻のガーゼに目をつけられ、慌てふためく弟へ京子は冷たい目を向ける。

「まずは自分でおっしゃいよ」

作り笑顔の京子が、つれなく言った。

直立の姿勢で視線をさまよわせる悠護を見上げ、周平は新しいタバコに火をつける。

久々に巡り合った心躍る楽しい光景だ。

「佐和紀にやられたんですよ」

少し笑って周平は言った。視界の端で悠護がわなわなと震えている。

「覚えてろよ、周平」

「そっくりそのまま返すよ。佐和紀のキスは安くないぞ」

「はぁ？」

ネクタイをはずしていた岡崎が、ぎりっと眉根を引き絞る。

「京子、どうなってる」

間を空けて、周平の隣にどさりと座った。

「佐和紀が欲しくて、薬を仕込んで、失敗したの。どうする？」

「あ、姉貴……。お、オブラートに包んで……も、少し。いや、その……。義兄さん。違う、から」

「何が違うの。あら、支倉と共謀して、佐和紀を借りて帰るんだったかしら？」

「ね、姉ちゃん……」

「……ちょっと、黙ってろ」

低い声で一喝され、苦々しい顔の悠護が押し黙る。

「佐和紀に横恋慕するのはともかく……。その方法は最低だ。京子がどれだけ苦しんだか、おまえは知ってるよな？」

重い息を吐き、岡崎は手を額へ押し当てる。

「……佐和紀は、男だろ」

悠護が地雷を踏んだ。京子と岡崎のこめかみが、同時にピクリと脈打つ。

「……どうせ、ヤクザの娘だろって言われたわね……私も」

京子の声がわなわなと震えた。

「京子さん！」

周平が叫んだのとほぼ同時に立ち上がった京子の肩を、岡崎がテーブル越しに抱き寄せた。投げつけようとしていたガラスの灰皿が、手から飛び出し、鈍い音を立てて床に転がる。灰が舞い散った。

「他の誰が同じことをしてもいいわ……。でも、あんただけは、嫌なのよ！　そのために、家を出したのに！」

岡崎の腕の中で、京子が叫んだ。

京子の身の上に起こった災厄について、周平は詳細を知らない。でも断片的に聞いた話だけで想像はつく。

「佐和紀が女なら大事にして、男なら手荒く扱っていいと思ってるのね！」

「そういう意味じゃない。俺はあいつの辛《つら》さを知ってる。だから、周平といても幸せにはなれないし……」

「それは佐和紀が決めることだ」

岡崎が言った。

「周平が鬼畜だろうが、色情魔だろうが、それはこいつの一面でしかない。そうやって泥をかぶらせたのは俺と京子だ。おまえに批判されたくない」

岡崎の肩を押し戻した京子が涙の滲んだ目の端を指で拭う。

「悠護。あんたの生きている世界からしたら、私たちのやってることなんて、子どもの戦争ごっこかもしれないわ。でも、そうやってしか生きていけないのよ」

いつになく弱々しい声に、部屋の中がシンと静まり返った。

周平だけがタバコを吸い、悠護は居心地悪そうに背中を丸める。

「佐和紀に手を出すなと、言っただろ。悠護」

岡崎がタバコに手を伸ばす。片手はソファーに座った京子の手を握りしめたままだ。周平はライターの火を向け、岡崎の視線を受け止めた。

岡崎は悠護を見下ろして話し続ける。

「ったく、鼻だけで済んでよかったぞ。折れてないんだろ」

「そんなあなたは、肋骨《ろっこつ》をやったのよね……。何か飲みましょう。用意させるわ」

いつもの顔に戻った京子が立ち上がり、部屋住みを呼びに部屋を出ていく。

「あんまり姉さんを刺激するな。おまえも変なヤツだな。ヤクザをやるより危ない世界にいるくせに……」

岡崎に諭され、悠護はそっぽを向いた。

「それはそうと、その佐和紀はどうなった。おまえ、またか」

責めるような視線を真正面から受け止めて、周平は目を細めた。

「違いますよ」

「また、ってなんだよ！　おまえだってやってんだろ！」

悠護がいきり立つ。

「黙ってろ。悠護。周平が飲ませたわけじゃない」

岡崎が言っているのは去年の夏のことだ。周平の昔の女にクスリを仕込まれ、前後不覚になった佐和紀を思う存分抱いた。後で岡崎にも知られるところになり、人でなしだと散々になじられたのだ。

「佐和紀は離れで寝てます。媚薬は身体に合わないタチなんですよ。具合が悪くなるので」

「じゃあ、戻ってやれ」

岡崎に急かされ、悠護に目配せしながら立ち上がる。

「あら、周平さん。もう行くの？」

京子が戻ってくる。悠護にしたのと同じ目配せをしながら、スーツのボタンを留めた。

「佐和紀が心配なので離れに戻ります」

察しのいい京子は、優しく微笑んだ。

「寂しがるとかわいそうだわ」

「ちょっと、待て。周平」

岡崎がタバコを置いて、振り向く。

「身体に合わないって、どうして知ってるんだ」

「……今日は冴えてますね」

「今日は、じゃねぇよ。おまえ、試したな」

「何の話ですか。夫婦の性生活に口出ししないでください」

「そうよ。いいじゃない。安全な範囲なら。似たようなことしてるでしょ」

話の内容を読んだ京子が、周平の味方につく。

「それとこれとは話が違う」

岡崎が唸っても、素知らぬ顔だ。

「違わないわよ。よく考えてみて。……身体に合わなかったんでしょ。使ったけど、メロメロにはならなかったの。ね？　大丈夫よ。あなたの妄想は実現してません」

「俺の妄想じゃないだろ。この変態の妄想だ」

「はいはい。周平さんの変態ぶりを肴《さかな》に飲みましょう。悠護も、今夜は付き合って。佐和ちゃんの昔の話、聞かせて欲しい」

それはそれで後ろ髪を引かれると思いながら、周平は一礼して部屋を後にした。

＊＊＊

「まさか、ラブホテルとはねー」

部屋の中を見渡した三井は、あからさまにベッドそばのゴミ箱を覗き込む。

「もう片付けちゃった後？　シンさん、ソツがないからなぁ。これ、頼まれた服。下着も買ってきたけど」

ベッドの上で身体を起こした佐和紀の前に、ビニールの袋が突き出される。電話をかけるためにバスルームへ入った岡村を気にしながら、三井は佐和紀に背を向けてベッド端に腰かけた。

「悠護さんにクスリ仕込まれたって？　何やってんだか……」

「うっせぇ」

袋を探り、中身を取り出す。

深夜も営業している店で買ってきたのだろう服は、白地のジャージだ。スポーツ用ではなく部屋着だとすぐにわかる。ワンポイントが金色のウサギだからだ。耳がピンと立ち、柔らかな口元のラインで襟もとにリボンタイ。男性雑誌のトレードマークだ。

「もう抜けた？」

「なんで、こんなダサいパンツ選ぶんだよ」

振り向いた三井の顔に押しつける。

「なんで。いいじゃん」

「俺はボクサータイプなんだよ。これ、ビキニだろ」

しかも、水色の縞《しま》パン。一応はメンズ用のジョーク下着だ。

「けっこう高いんだから、文句言うな。ビキニタイプで飛び出るほどデカくないだろ」

「そういう問題じゃねぇし。もっと普通のあっただろ」

おもむろにバスローブを脱ぐと、わざとらしく白目を剝いた三井が口元を押さえながら背中を向けた。

「ちょっとは恥じらえよ。シンさんとの仲を疑う気も失せる」

「……なぁ、Tシャツは」

「袋に入ってるから、ちゃんと見ろ」

「あった、あった。靴は？」

「あ、忘れた……」

「じゃあ、おまえの貸せよ」

ジャージのファスナーを上げ、腕まくりをしてから、ベッドの上を這って近づく。

「何言ってんだよ。っていうか、近いし！」

背中から肩越しに顔を出すと、振り返った三井が慌てて距離を置く。佐和紀は気にせず、三井の靴へ手を伸ばした。

「あー、もー、やめろって！　俺の、ブーツ！」

「サイズ合うかな」

「そーいう問題じゃねぇよ」

揉み合いになったが、押しの強さは佐和紀の勝ちだ。片方脱がしたところで、岡村が部屋に戻ってくる。

「忘れるおまえが悪いんだ。ホテルのアメニティですが」

話を聞いていたらしく、笑いながら白い靴下を差し出してくる。岡村もシャツを三井の差し入れに着替えていた。

「なんでもあるんだな」

「ラブホテルですから」

「そういうもの？　壁にシミがあるラブホしか縁がないからなぁ。そこも風呂はデカかったな」

「誰と入ったんだ、誰と」

ワークブーツを奪われた三井の前には、これもまたホテルの備品が投げ置かれる。簡易スリッパだ。

「うわー。マジで！」

「ないより、いいだろう」

「笑ってないでくださいよ、シンさん。……はー、しかたがねぇ」

「サイズ、ぴったりだ。これ、くれよ」

ブーツを履いた佐和紀が言うと、三井はさらに肩を落とす。

「アニキに買ってもらえばいいだろ。元気だな、あんた」

「そうでもない。支倉はどうしてる」

髪をかきあげた佐和紀に聞かれ、三井が答えた。

「出かけたままだよ。タモッちゃんは回収した」

「は？　回収したってどういうことだ」

「あれ。話してないんスか」

「そんな暇がなかったんだ」

岡村がそっけなく言う。二人だけの修羅場の末に、佐和紀は気を失ったのだ。

「支倉にやられたのか」

佐和紀のつぶやきに、また三井が答える。

「こっぴどくやられたみたいだよ。泥酔させられて殴られたらしい」

「それで、アニキのケイタイに連絡が入ったので」

岡村が後を継ぎ、佐和紀は片膝を引き寄せた。

「周平も知ってるんだな。……っんだよ」

思わずため息が漏れ、脱力した。強がっても、空回りする。それでも意地を張らずにはいられない自分の性分が憎い。

「知られてないと思っていたんですね」

「おまえ、言わなかっただろ」

岡村を睨んだのは完全な八つ当たりだ。

周平が知っているかどうかよりも、知られたくない、知られたら傷つけそうだと、そんなことばかりを考えていた。

自分だけが頑張ればすべて乗り越えられると思うのは、こおろぎ組でたった一人の構成員になる前からの考え癖だ。どんな苦しいことも、口にしなければ弱音にならないし、弱音を吐かなければ、強い人間として認めてもらえるはずだった。

「なぁ、タカシ。悠護がどうなったか、わかるか」

振り返ると、ニヤニヤ笑いが返ってくる。

「わかるよ〜」

おいでおいでをするように、ひらひらと手のひらを動かし、

「鼻にガーゼをべったり貼ってた。けど、折れてはないらしい。ってか、迎えに行ったの

はカシラの姐さんだな。あれは」

「……京子姉さん……」

あぁっと声に出して、佐和紀は頭を抱えた。

「最っ低だな、悠護！　よりにもよって、あの人を呼ぶって、俺への当てつけか」

「大丈夫ですよ。佐和紀さんに非はないんですから」

「そういうもんでもないだろ。弟を血まみれにしたんだぞ。あー。土下座しようかな……」

「血まみれにすんなよ、血まみれに。でも、前歯折られた俺よりはマシだろ」

ゲラゲラ笑う三井に言われ、佐和紀はすくっと背を伸ばした。

「それもそうだ。折ったわけでも、陥没させたわけでもないなら、いいか」

「……両方、させたことあるんですね」

苦笑いする岡村に、三井が視線を向ける。

「ないわけが、ない。冗談で『狂犬』って言われてたわけじゃないんだから。シンさん、甘いよ。姐さんに」

肩をすくめた岡村は、佐和紀の仕草に気づいてタバコを取り出した。三井がライターで火をつけ、その間に、岡村が灰皿を取ってくる。

「そういえば、佐和紀さん。車の中で言ってたこと、覚えてますか」

「え？　覚えてない……けど。なんだっけ」

　タバコをふかして顔を上げる。

「俺が無事だから安心したって言ってました。あのときは、佐和紀さんの方が無事じゃなかったので、言っている意味もよく分からなかったんですけど……」

「え。あぁ……」

　二人から視線を向けられ、佐和紀はもう一口、タバコを静かに吸い込んだ。クスリでラリっていた間のことだ。自分が何を言ったのか、思い出すのにしばらく時間がかかった。

「俺を拉致ったヤツらのうちの一人が電話を受けてて、その話の内容がな。なんか妙だったんだ。腰巾着をやるとか、やらないとかで。仲間の一人は俺のことを知ってたし……。あいつらって、支倉が雇ってたんだろう」

「それが、どうして俺に繋がるんですか」

　そのときのことを思い出そうとして、佐和紀は目を細めた。

　タバコの味が肺を満たし、理性を取り戻した実感が生まれる。

「シン。駅裏にある『ムーラン』って店、おまえ知ってる？」

「場所はわかります。確か、横浜信義会の幹部が経営している中華料理屋で」

「待って！」

　三井が突然、叫んだ。

「待て待てって！」

　肩まで伸ばした髪を掻き乱し、大きく息を吸い込む。

「シンさん！　今夜！　『ムーラン』だ！」

　何を言い出すのかと眉をひそめた岡村が、ハッと目を見開く。

「佐和紀さん。その腰巾着は、俺じゃなくて支倉さんです」

「じゃあ、あいつらは支倉が雇ったわけじゃないのか」

「舎弟でもなきゃ、金のためにダブって使われるなんてザラだろ！」

　三井が慌てて立ち上がる。

「ってことは、やべぇんじゃないの⁉　シンさん！」

「電話で連絡のつく人じゃない。直接、行って確かめるしかないな」

「俺も行く」

　佐和紀の声に、スーツを手にした岡村が足を止める。

「詳しいことは車で聞かせろ。おまえらは、あいつが刺されてもおかしくないって、そう思ってるんだろ。そうなる理由を知ってるんだな」

　知らないとしても、支倉ならありえるのだろう。

「姐さん……、これ以上はアニキに怒られるって……」

　タバコを揉み消して立ち上がった佐和紀の肘を、三井が揺さぶってくる。

「誰が怒られるんだ。言ってみろ」

「あんた、こういうことになった反省とかないのかよ」

「仕込まれたくて仕込まれたクスリじゃねぇよ。……誰のために隠し通すつもりだったと思ってんだ」

「佐和紀さん。危ないことはしないでくださいよ」

身体を支えようと伸ばしてくる岡村の腕に掴まり、佐和紀はまだわずかにおぼつかない足を前に出した。

「ヤク中の顔なら覚えてる」

「確認だけ、お願いします」

歩き出す二人を追ってきた三井もエレベーターに飛び乗り、ロビー階のボタンを押して振り返る。

「っていうか、なっ！　眼鏡もねぇのに確認できねぇだろ」

「あぁ、そっか」

視界がぼんやりしている理由に佐和紀はようやく気がつく。

「そっか、じゃねぇんだよ。……喜びやがれ。俺がコンタクトを持ってる」

ジャジャンと言って、ポケットから使い捨てのコンタクトレンズを取り出した。

「偉いな」

感心した声で言った岡村が手を叩き、エレベーターの壁にもたれていた佐和紀は肩を揺らした。

「早く言えよ。ベッドで、ゆっくり、入れてもらいたかったのに」

笑いながら小首を傾げると、佐和紀のケンカ仲間は盛大に舌打ちした。

「ラブホのベッドで入れるの入れないのって、シャレになんねぇよ！　っていうか、俺は無理だから。こんなのハメるとかできねぇから」

開いたエレベーターから先に出た三井が、扉を押さえたまま固まった。

同じように固まっている一組のカップルが、男三人を不思議そうに見比べる。

「そういうことじゃねぇからな！」

恥ずかしさでわめく三井の頭を、佐和紀は思いっきり叩いた。

「ここでやることはひとつだろ。バカ」

首根っこを引き寄せて肩に腕を回す。岡村がカップルをエレベーターへと促した。

「お騒がせして、すみません。どうぞごゆっくり」

エレベーターの扉が閉まり、岡村が振り返る。

「シン。ごゆっくりはないだろう。ごゆっくりは」

佐和紀が笑いながらからかうと、ジャケットを小脇に抱え、

「そうですね」

と静かに落ち着き払って答えた。

「やることがひとつしかない場所で、あんたらがどう『ごゆっくり』してたのか、気になるんだけど……」

佐和紀に肩を貸しながら、三井が難しい顔でため息をつく。

「寝てたんだよ。ホテルなんだから、休憩するだろう？」

白いジャージの佐和紀が体重をかけると、ますます眉根を寄せて唸った。

「なんだろう。すごくもっともなんだけどさ、何もない方がホッとするんだけどさ。なんか、無性に、それでいいのかって思うんだけどー！」

佐和紀が汚した岡村の車はラブホテルの駐車場に置いたまま、三井が乗ってきた中型のセダンで『ムーラン』へ向かった。

その道すがら、佐和紀はいくつも質問を投げた。運転席の岡村は、聞けば答えるが、聞かれないことには答えない男だ。情報を引き出すことは簡単なようで難しい。

「……本郷さんは完全に詰んでるだろ」

佐和紀の隣に並んで座る三井が、つっかけてきた簡易スリッパを弄ぶ。

「それでもさ、姐さん。アニキも若頭《カシラ》も、いろいろ手は打ったんだよ？」

「でも、無理だったみたいですね、支倉さんは私情を考慮しませんから」

「……しかたないだろ」

佐和紀の心中を察し、あれこれ慰めようとする二人に対して、それ以上のことは何も言えなかった。

周平のことを一番に考える支倉の決断なら間違いはないし、本郷の動きでこおろぎ組がつぶされるようなことになれば、元も子もない。

「どっちみち、あいつらとは合わないおっさんなんだよ」

「……っていうか、姐さんに惚れすぎたんだろ」

三井のつぶやきに佐和紀は振り向いた。目が合うと、珍しくアンニュイな顔つきで肩をすくめる。

「あんたがうまく立ち回ろうとしてたことは知ってるよ。結局、あの人は、あんたが欲しくて、それだけだったんだな。本気でアニキたちの足を引っ張るつもりなら、もっとマシな動き方があったってさ、俺でも思うよ」

「なぁ、シン。引退で済む場合もあるだろう」

運転席の後ろから身を乗り出して聞くと、岡村は前を向いたまま答えた。

「それはもちろん。ヤクザが死ねば警察が動きます。始まってもない抗争をでっち上げられても困りますから。そのために支倉さんが動いているんです。今日は横浜信義会の新しい構成についての話し合いのはずです」

「『ムーラン』は前の信義会の幹部の持ち物じゃないのか」

さっき、三井が言ったのだ。

「総入れ替えするといっても、トップを替えただけの組もありますから。その辺りを派手にやりすぎると、周りから不審がられます。それに、中華街の連中との兼ね合いもあるので、もともと通っているパイプはつぶせないんです」

「めんどくさいな」

「……姐さんには向いてないな」

からかってくる三井の肩に拳を当て、座席へと背を戻す。

「やっぱり、支倉は重要な男なんだな」

「まー、そうだよ。海外へ出てても、こっちのことも回してるし。……アニキが結婚したから、それなりに休めるようにもしてくれてたみたいだし。それが、男だって知って、相当ムカついたんじゃねぇの？　……今回のことで、少しは控えると思うけど。アニキだって黙ってないだろ」

「俺のことはともかく、タモツのことがあるからな」

「いやいやいや。そこで自分を外に置くなよ。タモッちゃんのことなんて、どうなろうが気にしないよ。アニキは」

「……俺は気にする」

「あー。そうか。どうすんの？　お仕置きでもしてもらう？　それとも、姐さんが制裁すんの？」

楽しげに問いかけてくる三井へ一瞥を投げ、佐和紀は黙った。

人通りの少ない深夜の街を抜けていく車の中で、ぼんやりと考えるのは周平のことだ。きっと怒っているだろう。支倉の誘いに乗り、ノコノコと出ていった佐和紀のことよりも、悪事を企んだ自分の舎弟分に対してだ。

そんなことで心を乱したりしないで欲しいと思うが、無理な話だろう。佐和紀が絡めば、周平は普通でいられない。だからこそ支倉は危ぶみ、佐和紀を排除しようとしたのだ。

誰の気持ちにも、それぞれの筋が通っている。

それなら、と佐和紀も覚悟を決めた。

「俺には、俺のやり方がある」

「一番、危ないけどねー」

窓の外へと視線を流し、三井が軽口を叩く。それ以上のことを聞こうともしないのは、佐和紀が何をしようが、何を選ぼうが、おもしろがって笑い飛ばすスタンスを決めているからだ。

車が中華街とほどほどに離れた駅の裏の道に入り、スピードが落ちた。ありきたりな裏通りには、まだまばらに人通りがある。

駅へ急ぐ人もいれば、駅から家へと千鳥足で歩く人もいた。

居酒屋の看板にはまだ灯りがついていたが、目的の中華料理屋の看板はすでに消えていて、店の入り口から光がこぼれているだけだ。前を通り、近くを回って戻ってくる。少し行ったところで車を停めた。

「どうすんの？　中に入る？　姐さんの勘違いってこともあるからなぁ。様子見た方がいいんじゃない？」

後ろを振り返っていた三井が、佐和紀へと向き直る。

「シンはどう思う。取り越し苦労ならそれでいいけど。俺は、出てきたところをすぐに確保したい。支倉の迎えって、組の人間？」

「支倉さんは独自に動いているので、タクシーだと思いますが。向こうの用意した車の可能性もあります」

「信用できる相手なんだな？」

「支倉さんに手を出して得をする相手じゃないですね。支倉さんを狙ってるとすれば、今回の件でヘタを踏まされた相手になると思います。……正直、対象が多すぎて絞れません」

「なんで、ガードをつけないんだよ」

「狙われるようなヘマはしないそうですよ」

運転席で身体をよじらせた岡村が眉をひそめる。

「ほとんどの人間は、支倉のポジションを理解しているってことか。手を出すのはよっぽどのバカってことだよな。シン、本当は絞れてるんだろ」

「本郷さんじゃねぇの」

佐和紀の隣で三井が言った。簡易スリッパを足にはめ直す。

「俺の聞いた話だと、かなりの金をかき集めてたらしいから、あんたを連れて西にでも逃げるつもりだったんじゃないの？　アニキは予測してたと思う。そうだろ、シンさん」

「本郷さんは、信義会入れ替えのキーパーソンだったんです。支倉さんの計画で踊らされたと言った方がいいですが」

「……夏に会ったきりだな」

「誘われませんでしたか」

岡村からまっすぐに見つめられる。

「あのおっさんはいつもだからなぁ」

「冷たいんじゃねぇの？　古巣の幹部だろ」

肩を揺らして笑う三井を見据え、佐和紀は親指で自分のくちびるをなぞった。話の内容も覚えていない。

いつものようにいつもの調子で、誘うと言うほどのこともなかった。

「おまえも誘われてみろ。わかるから」

言いながら手を伸ばす。三井のベルトを掴んだ。

「ベルト、貸せよ」

「なんでだよ。っと……、ばっかだろ」

「いいから、いいから。このジャージ、ちょっとデカいんだよ」

「嘘つけ。ジャストサイズじゃねぇか。やめろって」

「シン。おまえは、口止めされてたんだな」

三井のベルトを引き抜き、佐和紀は岡村に聞いた。

本郷は限界にいる。

引退か、もしくは事件に絡んでの逮捕。最悪は、殺されるかもしれない。信義会入れ替えの詳細はわからないが、こおろぎ組の幹部としての仕事もおろそかになるほど、火消しに躍起になっている。だから、こおろぎ組の平幹部である豊平が、わざわざ佐和紀にタレ込む真似をしたのだ。

「……聞かれませんでしたので」

「そうだな。これからは、もっとうまく質問する」

三井のズボンから抜き取ったベルトを、ジャージの上から腰に巻き、車の外を見た。

「何してんの、姐さん。それじゃ、ズボン留まらないだろ」

あきれたような声は無視する。まばらな人の流れの中に一人の男を見つけた。顔に覚えはない。でも、隣に立つ男との体格の差が記憶にあった。

「あ、出てきましたね。呼び止めましょう」

岡村の声がして、車のロックが解除される。それよりも先に自分でロックを解除した佐和紀は、勢いよく飛び出した。

体格に見覚えのある二人の男は、ウマとウサギだ。

拉致されたビルの屋上の小屋で、よだれを垂らしながら笑い転げていたウサギの顔はまだ記憶に新しい。右手をよれよれのジャケットに隠し、ふらりと足を踏み出した。

隣に立つ男が肩を押した。その先には、『ムーラン』から出てきた支倉と、数人の見送りがいる。

佐和紀は車道を走り、店の前でガードレールを飛び越えた。

目を血走らせたウサギが悲鳴をあげる。絶叫だった。ジャケットから取り出した文化包丁の先端が街灯を受けて光り、支倉との間はもう数メートルもない。

何も考えなかった。接触寸前の二人の前に飛び込み、支倉に背中をぶつけながら、突進してくるウサギの右手を引き寄せた。痛みを感じる前に拳を振るう。

ウサギのこめかみを、思いっきり殴りつけた。吹っ飛ぶようにコンクリートへ崩れ落ち

た身体を、見送りの男たちが騒ぎながら取り押さえる。

道の先にいたもう一人の男は、闇に紛れてもう見えなくなっている。

自分の肩と腹、どちらを押さえるべきか、コンクリートの上に落ちた包丁の刃を踏みながら悩んだ。殴るというより、拳でなぎ払った。その反動で肩がはずれている。

「……いってぇ……」

「あんた……」

肩を摑もうとする支倉から身をかわす。

「触んな……っ」

じわじわと増していく痛みに、耐えられなくなってその場に膝をつく。

「何やってんだよ！」

駆けつけた三井に叱責《しっせき》され、佐和紀は痛みをこらえながら顔を上げた。

「タカシ、肩が抜けた。入れてくれ」

「はぁ？　何やって……、バカか！　バカだろ。支倉さん、押さえてください。右だな。こっち？」

首を振って答えると、三井は躊躇なく佐和紀の腕を摑んだ。支倉に反対の肩を押さえられ、かけ声と同時に肩がはまる。

脂汗が額を流れ、佐和紀は乱れた息を極力、深呼吸に変えた。

「支倉さん。大丈夫ですか？」

見送りの男たちと会話を交わしていた岡村が、大股《おおまた》に近づいてくる。支倉が答えた。

「あぁ……。悪いな。何があった？　あの男は」

「それは向こうが調べてくれるそうですから。佐和紀さん、肩を痛めたんですか」

「いや……」

どう言い出すべきかと迷う。三井の隣にしゃがみこんだ岡村を見つめた。

「姐さん、何を踏んで……」

足元に気づいた三井が手を伸ばす。ワークブーツから出ている包丁の柄に気づき、眉をひそめた。佐和紀から支倉、そして岡村へと視線を巡らせ、また佐和紀を覗き込んでくる。

「信じらんねぇ……！　刺さったんだろ！　先に言えよ！」

頭を抱えて立ち上がり、三井はパニック状態で右往左往と歩き回る。

「ちょっとかすっただけだ。ベルトで受けたし……」

「ベルトで受けたって……」

岡村に肩を貸してもらい、静かに立ち上がる。瞬間、三井がギャーと叫んだ。

コンクリートへぼたぼたっと血が垂れ、傷口を隠すように左手を押し当てる。白いジャージの左太ももが真っ赤に染まり、岡村の顔から血の気が引いた。

「ちょっと、痛いかもな……」

佐和紀はへらっと笑ってみせた。本当はかなり痛む。

クスリがキマッていた相手の勢いは予想よりも強く、刃先はベルトを貫通した。

「車で病院へ行きます」

岡村が無感情に言った。

「タカシ、お前が運転してくれ。支倉さん、俺は血を洗い流してもらうように頼んで、すぐに乗ります。先に、佐和紀さんを車に乗せてください。止血もお願いします」

「シャレになんねぇよ！」

三井が泣きそうな顔で佐和紀の脇に回ってくる。

「どうして、こんな無茶なことをするんですか」

車に乗り込み、三井が脱いだシャツで支倉が止血した。くちびるがかすかに震えていた。

「俺はあんたを売ったのに……」

「うっせぇよ」

唸るように言い返すと、岡村が戻ってきた。車が発進する。

三井の運転は、思ったよりも落ち着いていた。岡村に何度か注意をされはしたが、速度違反も信号無視もせずに走り続ける。

でも、文句は言いっぱなしだった。

声が震えているのを聞きながら、佐和紀は思わず笑う。閉じていた目を開き、運転席と後部座席の間にかがんでいる支倉を見た。

「おまえが俺に何をしても、周平にとっては大事な弟分だ。だから、守った。……グタグタ言うな」

血の気が引いて、ふっと意識が遠ざかる。

死ぬなんて馬鹿なことだと、思う。あの距離でウサギが叫んだとき、支倉は逃げなかった。驚いてもいなかったのだ。

だから、わかっていたのだと気づいた。こうなることを、わかっていた。支倉にとっての誤算は佐和紀が駆けつけたことだ。

遠のく意識の中で、佐和紀は一瞬だけ支倉を睨んだ。神経質な顔に秘められた周平への気持ちは重い。それはきっと、支倉自身が持て余すほどにだ。

「守り方を考えろよ！　あぁっ、もう、嫌だ！」

運転席でぼやき続ける三井の声が聞こえ、

「悪かったよ……」

ぼそりと答えた瞬間、目の前が白くかすんだ。そのまま、意識が静かにフェードアウトした。

7

死んだらどうしよう、死んだら嫌だ、と、三井が散々わめきたてていた。縁起でもないと岡村がたしなめ、うるさいと石垣が叫ぶ。

そんな夢を何度も繰り返し見た。

三人に取り囲まれ、周平はどこだと、何回目かの夢の中で聞く。

「ここだ」

そう答えがあって、まぶたを開いた。眩《まぶ》しさに目を細め、慣れるまで何度かまばたきを繰り返す。

古いビルの天井。点滴のパック。視界の端に周平がいた。

「どこ、ここ」

かすれた声で尋ねる。

「病院だ」

葡萄《ぶどう》色のワイシャツはボタンが二つはずれ、スタイルの崩れた前髪が眼鏡にかかっている。無精《ぶしょう》髭《ひげ》を剃《そ》っていない疲れきった風情が、いつもの何倍も色っぽかった。

腹が痛まなければ、布団の中へ引きずり込みたいぐらいだ。

「輸血はせずに済んだ。傷は二針」

周平の声を聞きながら、それどころじゃなかったと思い出す。

「支倉はどうしてる……。呼んでくれ」

「おい、キスより先にそれか」

不満を隠そうとしない周平が身を乗り出してくる。コンタクトレンズもはずされていたが、じゅうぶんに顔が見える距離だ。やっぱり男前だと実感した。

「じゃあ、してよ」

ふざけてくちびるを尖らせる。顔に影が差し、視界が周平でいっぱいになった。

目を閉じて吐き出した息を吸われ、ふさがれたくちびるをそっと舐められる。それが、渇きを潤す水のような感覚に陥り、求めて這い出した舌が絡む。

「んっ……」

柔らかな舌のふちをなぞる周平の愛撫に喘いだ。周平の手が、頬から首筋を往復して温かい。

三井が運転する車で担ぎ込まれた先は、大滝組が懇意にしている山の中の医院だった。親子で内科と外科を営み、表沙汰《おもてざた》にできないケガを処置してくれる。

「……痛っ」

入院着に忍び込んできた指に胸の突起を摘まれ、身をよじったのと同時に腹が引きつれた。

「失礼します」

ノックが響き、ドアが開く。

「ケガ人相手に何をするつもりですか。入院が長引きますよ」

キスを見られた程度では動じない周平は、佐和紀から身体を離した。手がそっと動き、布団の外に出ている佐和紀の指を握る。

病室へ入ってきた支倉はジャケットを脱いだベスト姿で、髪はいつもの通りにきっちりセットされていた。気難しそうな顔もそのままだ。

佐和紀はホッとした。

「……水が欲しい」

周平を見上げて頼むと、ベッドサイドに置かれた水筒を向けられる。ストローで水分を補給してから、

「支倉、こっち来て」

手のひらを上に向けて指を動かし、近づいてこようとしない男を手招いた。

「殴られてはないみたいだな」

支倉の顔を確認して、周平へ向き直る。

「こんなつもりじゃなかった。悪いのは俺だ」

「……そう言えば、なんでも許されるわけじゃないぞ。切れたベルトを見た。ジャージを着てたんだろ。あんなもの、必要ないよな？」

「オシャレのつもりで……。ごめん。嘘だ。そういうつもりじゃなかったんだって……。嫌な、予感がしただけだ。それだけなんだ」

それが自分の持つ野生の勘だとわかっている。嫌な胸騒ぎを感じたときから『そのつもり』だった。

でも、それは、言わなくてもいいことだ。

「受け流して、さばくつもりだったんだ……。失敗した」

「失敗した、じゃない。佐和紀」

低い声で呼ばれ、目をそらす。怒りを受け止める覚悟はできていた。でも、弱り切った悲しい声色を出され、胸の奥に痛みが走る。

周平の感情のすべてを、その瞬間に理解した。

「ずっと、待っていらしたんです」

そう言った支倉は身体の脇で拳を握った。

「あんたはバカだ」

まっすぐに射抜く視線を向けられ、佐和紀は黙る。

「この人を心配させるとわかっていたんでしょう。それなら、自分の領分を守って……」

「無理だ」

話を途中でぶった切る。支倉の言葉は、そっくりそのまま、支倉の胸に突き刺さっているのだろう。

周平に心配して欲しくて、立場を守らせて欲しかったのは支倉だ。佐和紀が掻き乱した領分を取り戻そうとした男のやり方はエキセントリックだが、佐和紀にはわかる。

支倉はここでしか生きたくないのだ。

周平だけが、支倉の生き方だとしたら、理解はできる。

「そんなこと、俺にはできない」

「あんたは嫁なんでしょう！　旦那を支えるのが、嫁の……」

「無理だって言ってんだろ。無理なんだ。できないんだ。周平が必死で作ってきたものが崩れるのを見たくない。あんたが刺されても、周平は悲しむ。仕事にだって問題が出るんだろ？　こいつとの付き合いはあんたよりも短いよ。でも、どんな思いでここまで来たのか、それはわかってる」

傷をかばって声を抑えたが、それでも一息に話すと負担がある。大きく息を吸い込み、浅い呼吸を繰り返した。

周平は黙ったまま、佐和紀が話すに任せている。

「もしも、あのとき、周平が刺されそうになってたら、あんただって間違いなくかばっただろう」

「それは、私が」

周平の大切なものは守ると決めているから。

答えを飲み込んだ支倉を、佐和紀はじっと見つめる。

この男は、自分のしようとしたことをわかっていないのだと、ようやく気づいた。何がどうなって自分を狙わせたのかはわからないが、ケガを負う覚悟の裏にある自分の気持ちを支倉は捨てている。

「同じなんだよ。何も違わねぇんだよ。俺がバカだから刺されに行ったわけじゃない。俺は、あんたを守りたかっただけだ」

「佐和紀。もういい。少し黙っていろ」

「嫌だ」

肩を押さえる周平の手を振り払う。

「おまえが自由にさせてくれてるって、わかってる。俺が男で、女みたいにはできないから自分を曲げてるって知ってる。だから、俺は……」

涙が込み上げてきて、片腕で顔を覆った。

「自分を曲げたくない。……曲げられない」

「佐和紀」

ため息をつくように、周平が笑う。

どうしてこんなに泣けるのかわからない。だけど、支倉の気持ちがせつなくて、そうまでして周平を守ってきたのだと思うといっそう涙が溢れる。

支倉が無心で支えた結果の周平だから、佐和紀を黙って支えてくれるのだ。人はいつも誰かに優しさを与えられ、それをなぞって誰かを愛する。

だとしたら、荒《すさ》んだ周平の心の中に残った人を愛する気持ちを守ったのは支倉だ。本人がそれに気づくことはないし、佐和紀も口に出すつもりはない。これは佐和紀の想像に過ぎないのだ。そして、言わない方がいいこともあるだろう。

支倉の破滅的な願望は、このままなかったことにされるのが一番いい。

そうすれば、また、何事もなかったように右腕に戻れる。

「俺は自分を曲げてない」

周平が静かに口を開く。

「おまえが傷ついても、それでも、おまえらしくいてくれる方がいいと思ってる。俺は落胆も幻滅もしない。自分を曲げる必要もない。……そうだろう、支倉」

佐和紀の髪を撫でる周平から唐突に話を振られ、ベッドを挟んで反対側に立つ支倉は長い長いため息をついた。

それが周平の見栄だと、病室にいる三人は三様に理解している。それぞれの生き方が思惑になって複雑に絡み合う。

「……佐和紀さん。ありがとうございました」

涙で滲んだ視界の中で、支倉は静かに頭をさげていた。規律正しい男はお辞儀《じぎ》も美しい。

「これまでの非礼もお詫《わ》びします。申し訳ありませんでした。今回の件は、私の慢心が原因です」

「支倉はもうしばらく日本に残る。この秋は、おまえとゆっくり過ごせそうだ」

周平が笑う。暴力での制裁を加えなかった理由を察して、佐和紀はぽかんと口を開いた。有能な部下だ。傷つけるよりも、こき使う方がいいに決まっている。

「……なぁ、下の名前。なんていうの？」

「え？」

顔を上げた支倉が眉をひそめる。

「千穂《ちほ》です」

きりっと整った顔立ちに、佐和紀が初めて見る戸惑いが浮かんだ。

「へー、意外にかわいい名前。じゃあ、チィだな。よろしく」

さらりと言うと、

「なっ……！」

ベッドの柵《さく》を摑んだ支倉は、息を呑んで目を丸くする。吹き出した周平が口元を押さえて顔を背けた。

「周平さんっ！　あんたまで、何を笑っているんです！　嫌です。ダメです。そんなふざけた……っ」

「舎弟は下の名前で呼んでるんだ。特に、俺の世話係は」

「待ちなさい！　私はあなたの世話係では」

「なんだよー。つれねぇな、チィ」

「あきらめろよ、支倉。一番強いのは俺の嫁さんだ」

肩を揺すりながら周平が言うと、支倉のこめかみに青筋が立つ。

「何を言ってるんですか。男でしょう！　嫁じゃない」

「まだ言ってんのか。三々九度で神明に誓った仲だ。立派に夫婦だろう」

「男同士で何をやってるんです！」

支倉がキリキリと叫び、笑うと傷が引きつれる佐和紀は爆笑をこらえることに苦労した。

＊＊＊

「ここにいたのか」

周平が声をかけると、白いワイシャツ姿の男が振り向いた。

古ぼけた医院の裏は雑木林になっている。枯葉を踏んで近づきながら、タバコを消そうとする岡村を止めた。

「目を覚ましたぞ」

その一言を待っていたのだろう。ハッと息を呑んだ顔に血色が戻り、口元を覆うようにタバコを運ぶ手はかすかに震えて見えた。

「元気だよ。あいつは……。支倉を『チィ』って呼ぶとか言い出して。あれは今までの仕返しかもな」

タバコを取り出すと、口にくわえるタイミングでライターを向けられる。火をもらって、最初の一口を静かに吐き出した。

「犯人だけどな」

「はい」

真面目な顔をした岡村は憔悴《しょうすい》している。ケガをした佐和紀を病院へ担ぎ込み、組の仕事をした上でまた戻ってきたのだ。

身体よりも心の方がよっぽど疲労している顔を眺め、周平はそのまま話し続けた。

「元信義会幹部の舎弟だ。兄貴分のためにシノギを増やそうとして、本郷にも使われていたらしい」

「実行犯は別の男ですね」

「そうだ。佐和紀を拉致するとき、支倉は本郷に話を持ちかけたんだ。佐和紀をさらう手助けをするとでも言ったんだろう。それで、男たちが用意された。でも、実際は悠護が佐和紀を受け取ったわけだ」

「犯人は、本郷さんに雇われて……」

「そこだ。シン。おまえには話しておく。依頼を出したのは支倉だ」

周平の一言に、岡村が動きを止めた。くちびるへと運ぶ途中のタバコが止まり、吸われもせずに燃えていく。

「まったく別の人間を雇い主に立てて、自分を襲わせたんだ。かわすつもりだと言ってたけどな。どうだか……。あいつも佐和紀も似たもん同士だよな。自分の身体のことなんて考えてない。佐和紀が間に入らなきゃ、死んでただろうな。あいつなりのあてつけだ」

佐和紀を悠護に引き渡し、対外的には本郷の仕業と見せかけるつもりだったのだろう。それとは別に自分のケガを理由にして、大滝組から本郷の破門状を依頼する気だった。そうすれば、こおろぎ組自体は傷がつかないのだ。事件が派手な方が、若頭の暴走だと周囲の組にも言い訳が立つ。

そもそもは、こおろぎ組出身の岡崎を思う周平のために仕組んだのだろうが、そこに佐和紀が絡み、支倉は標的になるのを自分としたのだ。

「佐和紀は勘づいていたみたいだな」

周平は遠くを見た。一言も口に出さなかったが、それが佐和紀の持つ野生の勘だ。それを悟ったから、プライドの高い支倉が素直に頭をさげたのだ。人の心の奥を暴かない佐和紀は優しい。それは周平に対しても同じだ。

男の矜持《きょうじ》を決して乱さないのは同性だからかもしれないが、心の傷に敏感なのは、佐和紀もそれを持っているからだろう。

「支倉さんも、頭があがらなくなりますね」

「それはどうだろうな。あの男は都合の悪いことはなかったことにできるからなぁ」

周平は苦笑いを浮かべた。

「実行犯も本郷も確保してある。実行犯は始末することになるだろうが、問題は本郷だ」

「佐和紀さんは納得してますよ」

「あいつもヤクザだからな」

笑いながらタバコを吸い、煙を吐く。

「降格ってところだろう。しばらく所払《ところ》いで、西の方へ行かせるか……。組長同士が決めるだろう」

「そうですね」

答える岡村がホッとしたように見えるのは、佐和紀を気にかけているからだ。口では強がっても、昔馴染みが生き延びれば、佐和紀は喜ぶ。

「支倉はもう少し俺に付き合うだろう。あいつなしじゃ回らないからな。……シン。あいつが佐和紀にケガをさせたわけじゃない。腹に溜めるなよ」

周平の一言から顔をそむけた岡村が、靴の裏で消したタバコを携帯灰皿へ片付ける。表情を隠したまま返事をしないのは、周平の意見を受け入れたくないからだ。一礼して去ろうとする背中に目を向けると、安物のワイシャツの不格好さが目についた。

「いい役回りだったか」

周平の投げた言葉に、枯葉を鳴らして岡村が振り返る。

「媚薬だったんだろう。吐いて消えたか？」

タバコをくゆらせ、傷つけるとわかっていて周平は追い込んだ。黙り込む舎弟の顔が青ざめ、答えはもうそこにあった。

「疑ってるんですか」

「いや、心配してるんだ。何もしなかったんだな」

「何ができるんですか！」

真っ青な顔のまま、岡村は身体の両脇で拳を握る。

声を抑えた叫びに呼応するような風が吹き、揺らされた木々から枯葉が舞い落ちていく。

真剣な顔に苦悩をべったりと塗りつけた岡村は悲愴《ひそう》に見えた。

「必死だったんですよ。何も覚えてません。あの人は、何もわからなくなって、アニキの名前を呼ぶんです……。泣いて、泣いて……」

「あいつが、かわいそうか」

岡村がいつになく反抗的に眉をひそめた。

「どうして平気なんですか。あの人はアニキのことを思って、負担になりたくないって」

「それは佐和紀の心の問題だ。おまえもわかってるだろう。あいつの身に降りかかることに、いちいち反応してたら身がもたない。惚れてればなおさらだ。その挙句がこおろぎ組の連中だろう。あいつを型にはめて、右へも左へも行けないようにしてこぼれ落ちるのだけを待ってる。そっちの方が、よっぽどかわいそうじゃないのか」

「だけど……」

「俺のやり方に文句があるなら、身の振り方を考え直してもいいぞ」

周平の冷たい視線に、岡村が息を呑んだ。

短くなったタバコを揉み消して差し出すと、岡村はロボットのようなぎこちなさで受け取った。吸殻を携帯灰皿へとしまい込む。周平はもう一歩、前へ出た。

薄っぺらいワイシャツの胸ぐらを摑んで引き寄せる。

「おまえには言ってきたな。そろそろ真剣に考えてみろ。安い服が似合うような歳《とし》じゃない。そういう時期はもう終わったんだ」

ぐらっと体勢を崩しかけた岡村が、片足を踏ん張った。いつもならそれる視線がそこで止まる。

踏みとどまり、周平の視線を受け止めた目の奥がギラギラと光った。

見据えられ、睨み返す。

視線の応酬をしばらく続けた後で、胸ぐらを掴む手を岡村に握られた。ギリギリと力が入り、何かを振り切るように引き剝がされる。

「……あの人を、かわいそうだなんて思いません」

「だろうな」

佐和紀の行動は、いつも無意識に罪作りだ。男を試し、誰が自分の利になるのか、その使い勝手を見ている。

かわいそうだとか、守ってやろうとか、そんなことを思えば、絶対に心を開いてはこない。なのに、惚れた弱みには遠慮なしにつけ込んでくる。

惚れた方は躍起になって心をこじ開けようとし、あとは悪循環でしかない。本郷がいい例だ。

「アニキはいいんですか」

「何が、だ」

かわいい嫁の悪癖を想いながら、周平は笑ってタバコの箱を取り出す。岡村にも勧め、互いに火をつけ、くちびるに挟む。

「おまえ程度なら、気の利くかばん持ちなんて他にもいる。うぬぼれるなよ。……佐和紀のこともな」

「……次は、躊躇しません」

タバコの煙を吐き出す岡村を振り向くと、あてつけるような目で見られた。何を怒っているのか、不機嫌を隠さない舎弟の肩へ拳をぶつける。

「好きにしろ。おまえが佐和紀を傷つけるなら、大笑いしてやるよ。その程度の男なら、あいつに半殺しにされてろ」

「……そういうとこ、昔から、全然っ、変わりませんね」

あからさまにイラついた岡村がスパスパと煙を吐き出す。すぐに拗ねてみせるところは出会った頃のままだと、周平は心の中で言い返す。

父親以上の男になりたいならついてこいと言ったとき、岡村は冷たいと周平を罵《ののし》った。他に何を言われたかったのか、それは今でもわからない。

でも、きっと、岡村にだってわかっていないだろう。どこにも道はない。そんな中でさえ、ゆく道を決めるのは自分でしかない。道を拓《ひら》き、茨《いばら》を払い、それが後ろ指をさされる生き方でも、自己満足できるなら正義だ。

「おまえは俺に似てるんだよ」

タバコを持った手を動かして互いの顔を指差すと、岡村はさらに顔を歪め、おもしろくなさそうに肩をすくめた。

「似てませんよ。そんなことで、あの人の気持ちを捻《ね》じ曲げないでください。俺は俺、アニキはアニキです。同じじゃないんです」

「へぇ、そうか」

目を細め、周平は斜に構えた。

「セックスする好きと、しない好きだな。あるある……」

「絶対！　絶対に、次はやりますから！　キスします！」

「バカだろ。俺に宣言するな」

笑いながら頭をはたき、周平は病院へと足を向ける。

「キス程度で息巻いてるようじゃ、佐和紀には勝てねぇよ。俺以外とは、猫としてるぐらいにしか思ってないからな。まぁ、かわいがられてやれよ」

笑って背を向けると、深まる秋の風が肌寒く感じられた。

この日を待っていたのだ。うだつの上がらない振りをした安物のスーツももうじき終わりが来る。

岡村がかばん持ちを卒業するときのためにと、数年前に買い取ったスーツ地を思い出した。仕立てを頼んでいる店の倉庫で、静かに出番を待っている。

あの色は、今でも岡村のイメージに合うだろうか。

もう印象が違っているなら、新しいものを探してもいい。

仕立てたスーツを佐和紀に褒められたなら、かばん持ちからはずれることを願っていた周平の気持ちも少しは理解できるはずだ。

生まれや育ちや、ささいな失敗で人生を支配されるなんてバカバカしい。自分の人生をコントロールするのは、いつだって自分自身であるべきだ。

振り返り、雑木林の前でタバコを吸い続けている岡村を呼び寄せた。

「佐和紀に顔を見せてやれ。早くしないと、タモツたちが来るぞ」

歩き出す岡村の、歩幅の広さが昔と違う。小走りで後を追ってきていた舎弟が変わっていく姿を、周平は懐かしい気持ちのままで静かに眺めた。

＊＊＊

三日間入院して、四日目以降は自宅療養になった。それから一週間。三人の世話係は、二十四時間体制で片時も離れない。

周平が在宅のときも例外ではなく、京子の言いつけを守る三人は、風呂とトイレ以外、就寝時でさえそばにいた。寝室では、周平を続きの間に追い出す徹底ぶりだ。

要するに、佐和紀のケガを悪化させるのは周平だと、誰もが決めてかかっている。苛立った周平は京子へ直談判に行ったが、けんもほろろにすげなく追い返され、しばらくは機嫌が悪かった。

丹精された菊の鉢植えが並ぶ遊歩道を抜け、佐和紀は池のふちに寄る。薄曇りの秋空には冷たい風が吹き、木綿の着物の肩にかけた綿入れを引き合わせた。

散歩に付き合う石垣が、手にしたエサを撒くと、いつも気ままに泳いでいる錦鯉《にしきごい》たちがどこからともなく集まってくる。

優雅な振りをして貪欲《どんよく》だ。それも個体差の性格があるらしく、争奪戦の中心にいる鯉は決まっていた。いつも遠巻きに食べ残しを狙う鯉もいる。

そんな鯉を笑って眺め、佐和紀は新しい眼鏡を指先で押し上げた。

石垣が気づかわしげな視線を向けてくる。顔に残っていた擦傷はすでに消え、支倉との間は相変わらずよそよそしいままだが、敵対心を露《あら》わにすることもない。

「佐和紀さん」

呼びかけられ、視線で示される。母屋へ続く道から歩いてくる岡崎が、軽く手を上げていた。

若頭に一礼した石垣が場所を譲って離れ、佐和紀は軽い会釈を挨拶に代える。

「散歩には向かない天気だろう。傷が痛むんじゃないのか」

ダブルのスーツのポケットからタバコを取り出した岡崎に誘われ、石造りのベンチに腰かけた。

石垣にタバコの合図を送ると、すぐにポケットから取り出して渡される。石垣が好んでいる銘柄だ。石垣のライターで火をつけた。

「もう傷はふさがってるよ。周平との約束で、ジムは来週からってことになってる」

「身体がなまってしかたがないか」

タバコを軽く吸い込む岡崎が肩を揺すって笑った。

「世話係に張りつかれて、周平が恋しくなってきたか」

「は？　いや……、何が？」

あからさまに困惑の目を向けられ、佐和紀の方がたじろいだ。

「かわいそうなのは周平だけだな」

「まぁ、悪いとは思ってるよ。二週間近いし」

「それは、あれだな。もう浮気してるんじゃないか。よそで抜いてるだろ」

「あんたは、そんなことを言いに来たのかよ」

きつく睨むと、裏腹に喜ばれて嫌になる。腹いせに靴を踏んでも、岡崎はいつものようにニヤニヤと笑うばかりだ。

「明日から温泉だったか。ノンキに湯治ってわけにはいかないだろう。ジム通いのウォーミングアップにしちゃあ、あいつの相手は疲れると思うけどな」

「……余計なこと言うなよ。休みに行くんだから」

言われるまで気がつかなかった。舎弟たちも連れての楽しい小旅行だとばかり思っていたのだ。

「だから、旦那の心の傷も、おまえが癒《いや》すんだろう」

眉をひそめた岡崎の言葉に、佐和紀はタバコのフィルターを噛む。

「嫌そうな顔をするなよ。おまえには義務があるぞ。あいつが少々のことには動じないって言ってもな。そのたびに覚悟を決めてるんだ」

周平との夫婦生活を後押しされ、今回の騒動が周平に与えた精神的苦痛の大きさをいまさら実感させられる。

「あいつだっておまえが大事だから、傷が開くようなことはしないだろう。……黙って言うことを聞いてやれ」

「言われ、なくても……」

答えてはみたものの、途端に、明日からの旅が不安になる。

胸をざわざわと騒がせるのが戸惑いよりも期待だと自覚しそうだからだ。キスもままならない毎日に愛情不足を感じているのは、周平だけじゃない。佐和紀だって同じだった。

触れて触れられて、見つめ合う瞬間を想像すると、目元がかすみそうになる。

「佐和紀」

ふいに顔を覗き込まれ、慌てて表情を取り繕う。それが間に合わず、タバコを取り落とした。顔を両手で覆う。払い切れない欲情に胸が苦しくなる。

「……一人前に、エロい顔しやがって」

「うっせぇよ」

悪態をついて深呼吸を繰り返す。胸のもやもやが胃に落ちて、そのまま腰を疼かせそうなこわさを感じた。

「新しい若頭には、誰がいい。こおろぎ組の若頭だ」

笑いながら言われ、取り乱していたことさえ忘れて息を呑んだ。額に手を押し当てたまま細い息を吸い込み、岡崎の言葉を反芻《はんすう》する。

あの事件の後、本郷は背中を刺された。周平からは「岡村に聞いたか」と確認されただけだ。深い事情は何も知らされなかった。

「本郷はどうなる」

「あれは、別の手が回ったんだ。あちこちで恨みを買ってたんだろう。まずは代理を立てる。いきなり交代させたんじゃ、悪い噂《うわさ》が流れるからな」

そうでなくても、佐和紀の存在が知られ始め、金回りの良くなったこおろぎ組は巷《ちまた》の話題に上がりやすい。

「そんなこと、どうして俺に聞くんだよ」

「オヤジが、な……」

「そんなわけ、あるか」

　佐和紀はそっけなく切り捨てた。

　こおろぎ組長の松浦は、佐和紀をカタギにしたいと願い、ヤクザ社会に引き留めようとする周平との仲を裂こうとした。最終的に生き方を認めてくれたが、それも佐和紀かわいさに妥協しただけの親心に過ぎない。

「今度、三人で食事でも行くか。あれだけ二人でいたくせに、肝心なことは何も会話にならないんだな。親子だよなぁ、おまえとオヤジは……。ちゃんと話をするように俺からも勧めておくよ。おまえも覚悟しとけ」

「……何の覚悟だよ。アニキ面しやがって」

　長兄のつもりでいる岡崎は、肩をすくめるようにして笑い、吸おうとしたタバコを口元から離した。佐和紀の向こうへと手を上げる。

　視線をたどり、近づいてくる男を見た佐和紀は、静かに目を細めた。それが誰か、すぐにはわからなかった。

　タキシード仕立ての細身のスーツをさらりと着こなし、ピカピカの革靴で颯爽《さっそう》と歩く。赤いカーペットの幻が見えそうな、気取った足取りに、ぽかんと開いた口がふさがらない。

髪をオールバックに撫でつけた男が、大きめのサングラスをはずした。

「あっ！」

叫んでのけぞった佐和紀の目の前まで来て、顔を差している指をぎゅっと握る。

「ゴーちゃん」

服も髪型もイメージとは百八十度違っているが、顔のつくりが間違いなく悠護だった。

「ｏｕｉ《ウィ》」

男は気取った声で答え、にやりと笑う。サングラスをぶらぶらと揺らした。

「そう呼んでくれるんだな」

まるで別人のような口調に、佐和紀はたじろいだ。離れに見舞いに来たときは今までと同じで、チンピラ崩れの派手な格好をしていた。

あの日のことは話題に出さず、クスリのことも殴ったことも、まるで何もなかったように話をしたのだ。

「帰るのか」

動じることもない岡崎がタバコをふかす。佐和紀はそのことにも驚いて二人を見比べた。

「長居をしすぎました。うちの秘書がもうカンカンで……、限界です。フライトの調整がついたらしいので、これから成田へ向かいます」

「京子とオヤジさんには」

「今、挨拶して来ました。……オヤジにはまたしばらく会えないですね」

顔をしかめた悠護が、くるりと佐和紀へ向き直った。スッと片膝を地面へつく。

「愛してるよ」

さらりと言われ、言葉が耳を素通りしていく。きょとんとしたままの自分を相手の目の中に見つけ、佐和紀はそれさえ不思議なものを見るような心地で眺めた。

「日本語で言ったのは、おまえだけだ」

「はぁ？」

「いいねぇ、そのつれない態度がたまんねぇわ。今度は、こっちに来いよ。いつでも飛行機を回してやるから」

「タクシーを呼ぶみたいに言うなよ。てめぇのものじゃねぇだろ」

「……名義は違うけど、基本的に俺のジェットだから心配ない」

「ん？」

言っている意味がわからず、助けを求めて岡崎を見る。肩をすくめただけで何も説明されないまま、悠護に手を摑まれて顔を戻した。

「俺と結婚してればよかっただろ？　日本の小金持ちに飽きたら、いつでもコレクトコールの国際電話してこいよ」

「……大金持ち、なのか……」

「資産家って言ってくれ。人の金だけどな」

手の甲をそっと撫でられ、聞き慣れない外国語でモニョモニョと何か言われた。それがフランス語らしいと気づいたときにはくちびるが手の甲に押し当たる。

とっさにカウンターパンチを繰り出しかけた手を止めたのは、飛んできた石垣だ。悠護を押し倒すように跳ねのけ、佐和紀の平手を自分の頭で受ける。

「あ、ごめっ……」

「いいです」

服の袖で佐和紀の手の甲をごしごし拭いてから、悠護に言葉ばかりの謝罪をして立ち上がる。

「そろそろ、冗談にならないんじゃないですか」

佐和紀の暴力を止める振りをしていたが、平手打ちであっても、佐和紀を悠護に触れさせたくなかったのだ。本音はトゲトゲしい声に表れていた。

「もう、なってないっつーの」

服の砂を払った悠護が笑う。

そして、またフランス語を口にした。表情からして愚痴だろう。

「こいつが石垣だよな？」

日本語を向けられた佐和紀がうなずくと、

「確かに頭の良さそうな顔してるな」

そう言って笑い、さっきの言葉とは違う外国語で石垣に話しかけた。英語だ。じっと聞いているだけの石垣の表情がわずかに曇り、そして小さく息をつく。

「正式に話が来てから考えます」

答えは日本語だった。

佐和紀と岡崎は顔を見合わせ、一人だけ陽気な悠護がサングラスをかけ直す。別れの挨拶はさらっとしていた。また来週にでも顔を見せるような気楽さで手を振り、悠護は現れたときと同じように颯爽と歩き去る。

「なぁ、飛行機って個人でも持てるの？」

タバコをくれと石垣へ言い添える。

「持てます。飛行機を空港に停めておくだけで、百万単位で飛びますけど」

差し出されたタバコを取り落とし、佐和紀は悠護の消えた先へ視線を向けた。笑いが込みあげてきて、肩を揺する。

傷はかすかに引きつれるだけで、痛みと言えるほどのものでもない。

「どれだけあくどいことをしたら、そんな金が集まるんだろうな」

落ちたタバコを拾い上げる。暗い裏社会の沼地は果てがない。そういう世界に、周平も片足を突っ込んでいるのだ。

だからなんということもなかった。行き先の不透明さもわかり切っている。それでも一緒にいたいと願うから、バカを承知で空回りするだけだ。

そうやって奔放でいることが周平の望みだと、佐和紀はもう知っていた。『内助の功』なんてものを求める男なら、さっさと女を選んで落ち着いていたはずだ。

石垣が差し出すライターの炎が秋風に揺れる。手で囲いを作り、佐和紀はそっとタバコに火を移した。

8

縁側と座敷の境に座り、障子の桟に背中を預ける。

チリチリと燃えるタバコから立ちのぼった煙が揺れた。ピースの強い香りに髪がいぶされるのも構わない。

ほのかにライトアップされた庭の紅葉はすでに落ち、赤い絨毯《じゅうたん》のように地面を覆っていた。山間の風は冷たかったが、部屋にこもった酒気と熱気に混じり合ってちょうどいい。

部屋の中には、宿の浴衣《ゆかた》を着た世話係の三人がいた。

酒と肴の並んだテーブルを囲み、何やら楽しそうに笑っている。やりとりを横目で見ながら、佐和紀は手元の焼酎を口に含んだ。

昼間は温泉街をそぞろ歩き、夕食は酒を控えめにして宿が出す割烹《かっぽう》料理を食べた。

その後、佐和紀と周平が泊まる離れの部屋に移動し、快気祝いの酒を開けて現在に至る。

日本酒と焼酎の一升瓶をそれぞれ空にして、追加で焼酎の封を切った。宿が用意した酒のツマミもなくなり、持ち込んだ乾き物は袋を開いた状態で置かれている。

所帯じみた飲み会の気楽さは、舎弟の三人をリラックスさせ、周平とのやりとりはいつになく軽快だった。

舎弟をからかう周平の笑顔は底抜けに意地が悪く、昔話で反撃されると、慌てるでもなく何倍にもして切り返す。楽しそうで、嬉しそうで、二人だけのときに見せる顔とは違う気安さだ。

そんな周平を見ながら、酒がうまいと心底感じる自分のことを、佐和紀は他人事のように受け止めた。

水割りの焼酎は少し薄い。気を利かせたつもりなのか、周平に命じられているのか。どちらにしても、物足りない。

縁側から立ち上がってボトルを掴むと、そばに座っていた石垣の手が瞬時に動いた。

「作りますよ」

ぐぐっとボトルが引き戻される。

「薄いんだよ。足してくれればいい」

「控えてくださいよ。ふさがったといっても、刺されたことに変わりないんですから」

「バカか。ちょっと切れただけだ。貸せよ」

「嫌です」

「なんでだよ！」

酒が入っている者同士の、不毛な意地の張り合いになる。

「いいじゃん。ちょっとぐらい」

石垣の隣から手を伸ばした三井がボトルを横取りして、佐和紀のグラスに注ぎ足した。たっぷり入れているように見えて、絶妙にわずかな量だ。それでも満足した佐和紀は、宿の浴衣の裾をさばいてあぐらを組む。石垣が勧めてくる座布団を断った。

「刺されたとか言うなよ。みっともないだろ」

水割りをごくごく飲んで言うと、

「二針も縫われたくせに反省しないなぁ、あんたは」

三井がゲラゲラ笑う。

「ガムテープで治る程度の傷に、おおげさなんだよ。ほら、ここの腕の傷。これなんか貼ってれば治った。よく見ないとわかんないだろ？」

袖をまくり、右の二の腕を見せると、三人が興味津々で身を乗り出す。

「けっこう、大きいですね」

岡村が眉をひそめ、

「だからって、自分の身体で受け止めようって考えはやめてください」

石垣は口うるさく言った。

「タモツは、あれだな。なんか、チィに似てるよな。口うるさいところが」

「やめてください。似たくないっ！」

赤い顔でぷいっとそっぽを向く。

「ごめんごめん。悪かったから」

笑いながら肩を叩き、佐和紀はグラスの中身を飲み干した。

「あいつも呼んでやればよかったな。箱根《はこね》なら、飲みに来て帰るぐらいできただろ」

「来たくないんじゃないですか。そんなヤツ、来ても雰囲気悪くなるだけですから！」

「嫌ってんなぁー。同じ舎弟同士でいがみ合うなよ」

「姐さん、そりゃ無理だ。あんなことされて、ホイホイ仲良くできるわけがないッショ」

三井が石垣の肩を持つ。周平と佐和紀の手前、何事もなかったように振舞っているが、支倉から受けた暴行は屈辱の記憶に違いない。

「それはそうだな。チィが悪い。なー、タモツ。拗ねんなよ。なー」

肩をさすり、背中をさすり、ずるっと身体が傾いだ。石垣の肩にもたれかかったまま、三井にグラスを渡す。

「水割り。……そーだ。風呂、入るか。な？　背中流してやるから、機嫌直せよ」

「……っ」

無言の石垣が両手で顔を覆い、見かねたように眉をひそめた岡村が佐和紀を引き剝がす。

「嫌がらせですよ。佐和紀さん」

「え、マジで。っていうか、温泉来たら、みんなで入ろーよ。いっつも一人でつまんねぇもーん。あいつは刺青《もんもん》背負ってるから大きい風呂行けないし。どーせ、行ってもエロいし。風呂の中はのぼせるからヤダよ、俺」

「……」

「え。シンさん。俺を見ないでくださいよ。姐さん、けっこう出来上がっちゃってない？」

水割りのグラスをこわごわ差し出す三井が、頬を引きつらせる。軽く睨んだ佐和紀は、目の前のピーナッツを鷲掴みにした。

「じゃあ、明日の朝、入りにいこう。周平が寝てる間に、誘うから」

「せめて、普通のときにしてくんないかな……。今夜は、ヤルんでショ……」

三井ががっくりと肩を落とす。

「何を」

佐和紀はナチュラルに答えた。

「……ええっ！　えー……」

叫んだ三井が視線をさまよわせ、そのままテーブルへと突っ伏してしまう。その頭を、石垣と岡村が同時に叩いた。

「今日は酔いが回ってるし、明日はゆっくりした方がいいと思います」

岡村がにこりと笑う。

「今度また、大きな露天風呂のある温泉を探して、仕切り直ししましょう」

「い、いいんですか。シンさん。そんなこと言って！」

石垣が慌てて身を乗り出す。

「酔ってるように見えて、姐さんは覚えてますよ」

「濁り湯を探して、みんなで入れば、なんとかなる」

「に、濁り湯か……。うーん……」

腕を組んだ石垣が、唸りながら首をひねる。

「たかだか風呂に入るぐらいで、なんだよ、おまえら。そういうの、けっこう傷つくんだけど！」

「自覚してくれよー」

突っ伏したままの三井が、シクシクと泣き真似をした。

「あんた、本当にひどいよ。悠護さんがかわいそうになってくる。どうせ、そうやってヘラヘラ愛想振り撒いたんだろ。あんなに殴らなくてもさー」

「クスリが回ったら、反撃のチャンスがなくなるだろ。先手必勝なんだよ。ここだってときにキメとかなきゃ、命なんかいくらあっても足りねぇよ」

「姐さんの場合は、身体だろ。なんていうんだっけ……、あれ」

テーブルにもたれたままの三井が、石垣の腕を叩く。

「貞操?」

「そう、それそれ。あれだけ容赦なかったら、そりゃ、守れるわ」

「容赦したよ、今回は。鼻だって、折れてなかっただろ?」

「たまたまだったくせに、よく言うよなー」

笑いながら起き上がった三井は、引き寄せた自分のグラスに酒を足す。

「まー、強いのは知ってるけどさー。流血は本当に勘弁して……」

「あぁ、うん。悪かった悪かった」

「マメ食いながら言うなよ! 全然、反省してないだろ」

ピーナッツを噛み砕く佐和紀をびしりと指差す。その手を、石垣が邪魔そうに押しのける。テーブルに肘をついた岡村が、額に手を当てて肩を震わせた。

石垣と三井がほぼ同時に息を呑み、佐和紀は首を傾げるように視線を向ける。

「くっ……」

岡村がくぐもった声を漏らす。

「……く、……くくっ」

「わ、笑ってる……」

石垣がおののいた。次の瞬間、岡村がうつむいたままで笑い出す。

「ダメだ。思い出すと笑える……ッ。あのとき、タカシさ、おまえ、『ギャー』って叫んだよな。ギャー、って……。ないだろ、それは。腹いてぇ」

「シンさん。ひでぇよ」

「悪い、悪い……」

それでも笑い続ける岡村は、気を落ち着けようとタバコを手に取り、火をつけようとしてまた笑い崩れる。

「無理だ、ムリ、ムリ！」

「姐さん、なんか言えよ」

「俺？　笑われてもしかたないだろ。あんなの。やられ役のチンピラだしなー」

「ひでぇ。あんたのせいなのに！」

叫んだ三井がテーブルに手のひらを叩きつける。

続きの間の襖《ふすま》ががらりと開き、周平が入ってきた。離れについている露天風呂に浸《つ》かった身体からは、ほかほかと湯気が立っている。

半乾きの髪をタオルで掻き上げて岡村の隣に座った。

石垣がビールを取りに立ち上がり、泣き笑いの岡村が話の流れを説明しようとしてまた笑いのツボにはまった。

三井はくちびるを尖らせ、ビールとグラスを手に戻ってきた石垣にかわいくないと一蹴されてまた拗ねる。

「あ、そーだ。周平」

グラスを片手に振り返った周平に向かい、佐和紀は意気揚々と笑顔を見せた。

「こいつらがやっと、一緒に風呂入ってくれるんだってさ！　大きな露天風呂！　山が見えるといいなぁ」

「……そうか。よかったな」

微妙な間が空いて、周平が微笑んだ。

遠足を喜ぶ子どもの気分で報告した佐和紀は気がつかなかったが、舎弟の三人はピシリと凍りつく。

「タカシは鼻血に気をつけろよ」

ビールを一気に飲み干した周平がにやりと笑う。

「だ、大丈夫です……」

入らないとも言えなくなった三井は、恨めしげに佐和紀を見た。が、酔った佐和紀は気にもせずにグラスをあおるだけだ。

「山が見える露天風呂か……」

周平がつぶやき、

「濁り湯がいいんじゃないかって、そういう話で……」

酌をする石垣が焦って口を開く。

「見えなきゃいいってもんでもないけどなぁ。そういうことを言いだすのは、おまえだろう。シン。『秘すれば花』か。ド助平《すけべ》」

チクリと刺した最後の一言に、日本酒を飲み下した岡村が真顔になった。テーブルにもたれるように腕をかけ、いつになく不遜《ふそん》な態度で周平を振り向く。

「姐さんの希望であれば、叶《かな》えたいだけです。嫌だなぁ、周平さんは。あれもこれもエロばっかりで」

「うるせぇよ。これでメシ食わせてきてやったんだろうが」

酔った岡村の頬を、手のひらで軽く叩いた周平が目を細める。

「やめてくださいよ。ガキにするみたいな、こと……」

頬を手の甲で拭った岡村は、自分の浴衣の襟を直す。周平は肩をすくめた。

「おまえら、気持ちよく出来上がってるんだな……。風呂に入って損した気分だ」

酌をするために控えている石垣を振り向く。

「おまえも損な性分だな」

三人が酔っぱらうから、石垣は一人だけ、律儀に酒の量を控えているのだ。岡村がその役目になることが多いのだが、今日は先に酔われてしまったのだろう。

「支倉さんがいてくれたら、俺もバカやれるんですけど」

苦笑いで答える優等生の肩を労《ねぎら》うように叩き、周平はもう一杯、ビールを飲んだ。

足が動くうちに部屋へ戻っていった三人の騒がしさが恋しくなる。静けさに包まれた縁側で、夫婦揃って肩を並べた。タバコをゆっくりと二本吸う。

薄い水割りしか飲まなかった佐和紀の酔いはすぐに醒《さ》め、風呂にでも入ろうかと立ち上がりかけた手を摑まれた。

何かが不意打ちだったわけでもない。それなのに、佐和紀は心臓がひっくり返りそうなほど驚いた。

タバコを消した周平が立ち上がり、何も言わないまま、縁側のガラス戸を閉めた。

その雰囲気に気圧《けお》されて、佐和紀は言葉を飲み込む。手を引かれ、飲み会をしていた部屋を通り過ぎ、布団が用意されている次の間に入る。

枕元のほのかな灯りが、和室の壁や天井に映り、陰影を深くしていた。

いつもなら抱き寄せられてキスされる。今夜もそうだと思っていた佐和紀は、するりと手を離す周平の肩を目で追った。

隣の部屋の電気を消して戻ってくる。その物静かな動きが胸の奥深くを熱くさせ、夜が来るのを心待ちにしていた自分にいまさら気づかされた。自分の浴衣の袂《たもと》を所在なく指で摘む。

心臓の音が身体の奥で大きくこだまして、頭の芯がくらりと揺らぐ。焦らされていると思い、苛立った気持ちが、次の瞬間には漠然とした不安になる。

世話係たちの過保護な優しさに引き裂かれ、キスさえままならなかったのだ。眠るときも別の布団で、別の部屋で、寝息さえ襖を隔てていた。

それでも、周平の息遣いは忘れない。

引き寄せるときの腕の力強さと、抱き留める瞬間の相反する柔らかさ。腰をなぞって下りるいたずらな手のひらと、繊細なキスをするくちびる。

思い出した身体がぶるっと震え、佐和紀は腕を回した。

およそ二週間ぶりのセックスだ。

あれほど回数を重ねてきたのに、いまさら緊張する。心臓はいっそうバクバクと激しく跳ね、佐和紀の息は知らず知らずのうちに浅く速くなっていく。

薄闇に衣擦《きぬず》れの音がして、振り向いた。帯を解いた周平が浴衣を脱ぐ。

露わになった刺青の牡丹は、今夜も闇におどろおどろしいほどどぎつく鮮やかだ。

佐和紀の心臓が、どくんっとひときわ大きく跳ねた。血流に乗った甘い痛みが全身を駆け巡り、下半身が反応する。

無言のまま下着を脱ぐ周平が身体を起こした。

全裸を目の当たりにした佐和紀は、ごくりと喉を鳴らす。目を細め、さらけだされるすべてを眺めた。堂々と直視できないのは、欲情が募りすぎるからだ。自分の中にも、男の欲望が確かに存在している。

それは、身体を与えてでも、目の前の男の心を縛り、貪《むさぼ》り尽くしたいと思う征服欲だ。

震える手で、自分の帯を解く。衣擦れの音がして、帯が足元へ落ちた。浴衣から袖を抜き、タンクトップの肌着を脱ぐ。

ボクサーパンツに指を添えた瞬間、息が詰まり、佐和紀は目を閉じて大きく息を吸い込んだ。

見られている。

そのことが、肌を痛いほど刺激する。自分の身体を見た周平が何を考えるのかを知りたくて、戸惑いながら下着を脱ぐ。

周平の手がスッと伸び、誘われるままに指を返した。

「俺に言うことがあるか」

見つめてくる目に、心の奥を覗かれる。

騒ぐ胸を手のひらで押さえたい気持ちになり、佐和紀は短く息を継いだ。

「……傷を、作って……、ごめん」

そう言うと、向い合う周平の目が細くなる。指で頬骨を撫でられ、手のひらで顔を包まれた。くちびるにそっと押し当たるキスは乾いた感触だ。

開いて受け入れようとする前に離れていき、今度は指で腰骨をなぞられる。

もうすでに形を作り始めている性器を見られたくなかったが、状況は周平も変わらない。激しく勃起するわけでもなく、やわやわと形を変え始めたばかりのそれが向かい合う。

「謝れば、ことが済むと……」

「じゃあ、謝らない」

即座に取り消すと、傷に触れようとしていた周平が動きを止める。

「悪いなんて、思ってない。ケガをするつもりはなかったんだ。この傷のことは謝らない。おまえに心配をかけたことも」

周平は押し黙ったまま、視線を揺らしもしなかった。冷たいほど無感情な黒い瞳の奥には、何もない。

「俺は、あいつを守れてよかったと思ってる。おまえの、ために。だから謝りたくない」

「強情者」

「そうだよ」

あごをそらして答え、くちびるを引き結ぶ。そうして、周平が触れてくるのを待つ。

あの日、病室で、周平は静かに怒っていた。

佐和紀を危険にさらした舎弟にでも、ケガをさせた犯人にでもない。自由を与えた周平自身に対してでもなかった。

「俺のためにケガをされちゃ、困るんだよ」

怒りの矛先は、ただ佐和紀だけに向かい、それは静かにひたひたと、今も変わらず続いている。

叱り方に迷いあぐねている顔は、深刻な素振りで佐和紀を見据えた。

「知らねぇよ」

笑い飛ばして、両手を伸ばした。拒もうとした体勢で周平が動きを止める。

「怒れば？」

佐和紀はささやきかけた。それは当然の権利だ。

「焚《た》きつけるな」

「殴ってもいい。……ごめん」

「謝らないいんじゃなかったのか」

「違うよ。今のは……」

「殴るだけで躾《しつ》けられるなら、狂犬じゃないだろう」

「……そうだな」

伸ばした指先で、周平のうなじをそっとなぞる。ぐっと腕が剝がされ、後ろへ逃げられた。

「松浦さんに笑われたぞ。こうなることはわかってたって。おまえを殺すも生かすも俺次第だって。それでも、俺がいれば帰ってくるって言われたけどな。……おまえ、どう思う」

「え……？」

髪を下ろした周平は、少しだけ若く見える。まっすぐに見つめられ、しばらく考えた佐和紀は視線をそらした。

「帰るよ。俺は」

「そんな約束、できるのか」

「帰るよ、絶対」

「俺のためになら死んでもいいと思ってるくせに」

腕を掴まれたまま一歩踏み込まれ、逃げ遅れた腰を熱がかすめた。互いの性器がわずかに触れ合い、顔を背けた佐和紀はくちびるを噛む。

「謝って欲しいなんて、俺も思ってない。お仕置きだとか、そんなことも、どうだっていい。わかってるだろ。今はセックスをオモチャにしたくない」

「……離れ、て」

「どうして」

「言ってることと、やってることが……っ」

先端がかすかに触れ合うたび、こらえようとしても身体は反応してしまう。

「好きなんだ。佐和紀」

「だからっ……」

「愛してるんだ」

身体を離した周平の顔を、目で追う。腕を肩へと伸ばしたまま、佐和紀はくしゃくしゃに顔を歪めた。うつむくと、涙が一粒、眼鏡へ落ちる。

「おまえが外で何をしようが、どんなケガをしてこようが、俺はおまえを許すよ。肯定する。だけど、俺のためなら、絶対に戻ってこい。……おまえを猫かわいがりに褒めるのは、俺の仕事だ。だから、できなくても、今は約束しろよ」

「……帰るって、言っただろ！　さっき！」

首に摑まり、声を振り絞った。

「佐和紀」

呼ばれて、ぐりぐりと額を肩へこすりつける。

「俺が好きか」

「好きだ。だから、おまえは、待ってればいいんだよ……」

眼鏡をはずし、周平の眼鏡も押し上げる。

くちびるを深く重ねた。舌で誘い、そっと下くちびるを吸う。

「しないの？」

「するに決まってるだろ」

「……オモチャにしないんじゃなかった？」

両手が背中をなぞって腰を摑む。ごりっと昂ぶりがこすれ合い、刺激がせり上がる。

「当たり前だろ。俺は傷ついてるんだ」

そう言って抱きついてくる男の首筋に腕を巻きつけ、佐和紀は耳にキスをした。

知っていると、口の中でつぶやく。

病室で目が覚め、静かに怒る顔を見たときから、ずっとわかっていた。

愛情が深くなればなるほど、自分の奔放さは相手を傷つける。心配をかけ、不安にさせ、閉じ込めておくしかないと思わせてきた。でも、傷がつかなければ得られないものもある。危険を冒して、周りにはバカの考えなしと罵られても、自分のやり方を通すのが佐和紀の生き方だ。

瘦せ我慢の強がりだとしても。

もっと、頭のいい楽な生き方があるとしても。

野生の勘を鈍らせては、生きている愉《たの》しみがない。

「あんまり、激しくされると……」

腹の傷が心配になり、佐和紀は顔をしかめた。

愛情を確かめ合うのにも、もっと別のやり方がある。それでも、周平の心の傷はセックスでしか癒せない。肯定するしかない事実だ。

「今夜はスローに」

そう言って笑う男の顔は、佐和紀の胸を蕩けさせる。

手を引かれ、布団の上へと誘われた。眼鏡を枕元へ並べ、素肌をすりつけるように抱き寄せられて吐息が漏れた。

キスが首筋に落ち、肩を伝って背中へ回る。

「んっ……」

腰の傷を丹念に舐められると、身体は脈打つように跳ねた。

押しのけようとする手が捕まり、指の一本一本がくちづけに埋められる。

キスは身体中を覆った。足の付け根からつま先までが舌でなぞられ、佐和紀の肌が震える。抱き合って、キスをして、焦れた腰を押しつけると、周平はさらりとひと撫でして手を離す。

「焦らすな……」

上擦った声で、せつなくねだる。でも、返ってくるのは、甘いキスだけだ。

仰向けに転がり、横に添い寝する周平の腕を掴む。くちびるへの刺激さえまどろっこしい快感に変わり、汗ばんだ胸を撫で回されてのけぞった。

「うっ、……んっ」

シーツを足で蹴り、張りのある周平の肌に爪《つめ》を立てる。

「あっ、あ、ああっ……」

じっくりと愛撫された身体中に快感が広がった。

上と下のくちびるを交互に吸われ、もっと激しい繋がりを求めて舌が這い出す。

自分の身体の動きを他人事のように感じ、佐和紀は周平へと腕を伸ばした。手で周平の腰を探る。佐和紀が触れると、周平の眉間にシワが刻まれ、腰がわずかに退く。

「周平……」

手を押しのけられて不安になった。

佐和紀のもの以上に周平の臨戦態勢は整っている。人並みはずれた性欲の持ち主が、二週間近く浮気もせずにいたのだ。

お預けを食らった腹いせなのかと、佐和紀は疑った。

煽られ続けた身体は身悶えするほどせつなく燃え、あられもなくのしかかってしまいたくなる。頭の芯が痺れ、周平のことを考えるだけで腰が疼く。

細めた視界が潤み、新しく知った官能に拳を噛みながら顔を背けた。

「んっ、はっ……ぁ」

「ちゃんとイカせるから、焦るなよ」

鼻先を首筋へすり寄せられ、

「いや、だ……。やらしいの、イヤ……」

子どものように首を左右に振った。

「今日はスローに、って言っただろう。声を出していいから」

甘い声が耳元で蕩ける。ぞくりと背筋が震え、佐和紀は猫が鳴くように喘いだ。

それが自分の声だと思うと、訂正したくてたまらなくなる。でも、ダメだった。そんな理性はとっくに失われ、佐和紀の後ろへと這っていく指に期待感だけが高まる。横向きの体勢になり、足を曲げて胸に寄せた。

唾液をまとった周平の指があてがわれ、異物感が肉を分けた。

小刻みに前後へ動き、ゆっくりと内壁がほぐされる。

「あっ、あっ」

単調に出し入れしているだけかと思えば、おもむろに指を増やし、ねじ込んだり、広げたり、中を撫で回したりする。

「あっ……んっ！」

前立腺《ぜんりつせん》だろう場所を探られ、佐和紀は全身を硬直させた。前をこすって欲しくてたまらず、でも、今夜は簡単には終わりそうもないとあきらめる。先走りが溢れ、シーツを濡らした。

「息を吐いて。我慢してるのはおまえだけじゃない。わかってるだろ？」

濡れた先端が佐和紀の肌を伝う。それが与えられる瞬間を想像するよりも先に、佐和紀はこくんと小さくうなずいた。

与えるのはどちらなのか、考えるまでもない。

佐和紀にとっては周平であり、周平にとっては佐和紀だ。

お互いを求め合っている安心感が募り、佐和紀は大きく息を吸い込んだ。いつもの激しさで突き上げる気のない周平が、どれほど自分の身体を案じているのかを知るたび、胸の奥が締めつけられる。

「佐和紀……」

ささやきが背中に落ち、脊髄《せきずい》にそって舌が這う。びくっと収縮した身体が震え、

「だめ、イッちゃうから、ダメ……っ」

叫んだ瞬間、周平が挿入の動きを止めた。

「……くっ」

振り向くと、身体を起こした周平が奥歯を噛みしめていた。滑稽《こっけい》なのに官能的で、女たちが群がるのも無理はない。

でも、射精をこらえる顔なんて、何人が見ただろうか。

佐和紀は目を閉じ、周平が来るのを待った。

指が抜かれ、ジンジンと熱を持つ場所が、わずかな時間にさえ焦れていく。

呼吸を整えた周平が身体を押しつけ、先端がめり込んだ。

「んっ……あ、あっ！」

周平の硬直が、ずずっと肉とこすれながら入ってきて、佐和紀は大きく息を吸い込んだ。待ち望んだ快楽に身体が震え、悶えるように腰をよじらせる。

「佐和紀……、動く、な」

「いや、だ。動いて……、周平っ、動いて」

「欲しがりだな、おまえは」

あきれた声が嬉しげに弾み、横向きに転がる佐和紀の肩にくちびるが押し当たる。

「はっ……ぁ……」

四肢を引きつらせ、長い息を吐き切った。肌に汗が滲み、さざ波のような時間が過ぎる。周平の手に肌を撫でられ、ときどきやってくる痙攣を受け止める。繋がったまま、身体中の感触を余すところなく確かめられ、佐和紀は顔を隠した。

周平の手に掴まれた先端から、とろりと精液が溢れていく。

「あ、あ、あっ……」

中に収められた周平の昂ぶりが、佐和紀の息を刻もうと動き出す。その刺激が性器の先端まで行き渡り、佐和紀は喉をひくつかせて、今までにない静かな絶頂を味わった。

下腹がずんっと重くなり、快感が渦を巻いて湧《わ》き出る。

「……いくっ」

「俺もだ」

周平が腰を動かし、佐和紀は枕の端にしがみついて目を閉じた。放たれた熱が奥へと注がれる。それもまた、今夜は静かな営みだった。

満足げな息をついた周平は、挿入したままで器用に動き、佐和紀の背後にピタリと寄り添う。キスをするには難しく、首筋に歯を立てられ、仕返しに周平の指を噛む。

そんなやりとりを繰り返し、汗が冷えた頃になって、周平はそっと身体を離した。

背中に冷たい空気を感じ、ぶるっと震えながら身を起こすと、肩を抱き寄せられてくちびるが重なる。

「傷、痛むか？」

「……平気」

答えながら周平のくちびるを指でなぞり、もう一度キスをせがんだ。

「風呂へ行こう。風邪《かぜ》をひかせたら、周りがうるさい。抱いてやろうか」

周平に言われ、名残惜しく身体を離す。

「歩ける」

そう答えた手を握られ、先を歩く周平の背中で遊ぶ二匹の神獣を眺めた。

「俺、刺青はあきらめる」

「え？」

元から反対していた周平が、不思議そうな顔で振り向いた。

「おまえとの証《あかし》なら、ここに残るから。いいよ。俺は。……嫌なんだろ。俺が墨を入れるのは」

左の腹を押さえて笑いかける。毒々しく上半身を包む刺青が、佐和紀にとっては男の憧れでも、背負う周平の気持ちは違う。

一生消えない地紋の青は、周平の背負う過去の重さだ。佐和紀の肌に同じように刻んだからと言って、分け合えるわけじゃない。

周平ははっきり言わないが、そういうことだろう。何かを分け合うことは大事だが、互いの抱える傷にただ寄り添うことも重要で、同じじゃないことに慰められる気持ちも存在する。

同じ人生を歩んできた二人じゃないから、埋め合い、感じ合い、今まで知らなかった景色に気づく。

「だから、この傷がずっと残ればいい……」

周平をかばってついた傷なら苦い思い出かもしれない。

でも、これは、周平のためにしたことの証だ。

「この傷に誓って、何があっても必ず、周平のところへ帰る」

「かわいいことを言うなよ。……風呂でバックからなら、もう一度いいだろう……」

エロイことを言い出すのは照れ隠しだ。

「無理。疲れたし、眠い」

佐和紀は周平を追い抜いた。

失ってしまったと周平が悔やむものを、もしも自分が持ち続けられるなら、望みを叶えてやれるなら、子どもじみた憧れぐらいあきらめられる。

後ろからついてきた周平に、中出しした精液を処理してやると口説かれ、内風呂でドサクサ紛れに軽く押し込まれた佐和紀は怒りながら露天風呂へ逃げた。

傷は完全にふさがり、医者からも激しい運動の許可は下りている。でも、始めてしまえば、周平の絶倫は朝まで続くに決まっているのだ。恐ろしい。

「こっちへ来いよ、佐和紀」

「嫌だ。すぐ挿《い》れようとする」

「しかたないだろ。おまえがかわいい顔で喘ぐのを見たら、いつもの調子でやりたくなったんだから」

「……そんなことされたら、死ぬ」

「殺さない程度にするよ。でも、死ぬって叫ばれるのは、嫌いじゃない」

男同士が横並びで足を伸ばして入れる広さの外風呂の中を、周平は湯を掻き分けながら近づいてくる。追い込まれ、キスを求められて目を閉じた。

拒んでも逃げても、本心は嫌いの真反対だから、近づかれたら触らずにいられない。

「そう言えばな、悠護からの伝言がある」

「うん？」

肩を抱かれ、素直に身体を預けながら、佐和紀は湯を指先で弾いた。

「おまえの幼馴染みの男のことだ。……生きてる、って。行方を知りたいかどうか、聞いてくれと言われた。知りたいなら、探す。……どうする」

「いや、いいよ。生きてるなら、いいよ。縁があれば、きっとまた会えるから」

「悠護みたいにか？」

「そうだな。あんなに鬱陶しいやつになってると困るけど……」

笑いながら振り返ると、不満げな表情の周平が視線をそらした。

「ヤキモチ？」

「誰が」

「俺に挿れてるのはおまえだけなのに。何に腹を立ててんのか、わかんねぇよ。……キスしてもいい？」

承諾を得る前に、足の上にまたがった。

そっとくちびるを重ね、教え込まれた通りにキスをする。

「おまえ好みのキスだろ。嬉しい？」

「もう一回」

目を伏せる周平の指が、腰を撫で、さりげなさを装ってスリットを分ける。佐和紀は怒らなかった。

リクエスト通りにキスをして、

「お湯の中で挿れられるのは、好きじゃない」

耳たぶをいじりながら首を振る。

「わかった。ここでは我慢する。でも、もう一度だけ……」

貪欲な周平の下半身はもう伸び上がり、佐和紀の下腹部をノックした。

「もう、あがるか」

「早いだろ……」

佐和紀はあきれながら、周平の前髪を両手で掻き上げ、精悍な額にくちびるを押し当てた。

山間を吹き抜ける風が木々の木立を揺らし、風にくるくると舞い落ちてきた枯葉が浴槽のふちにひっかかる。

「少し、飲み直すか」

気を変えたのか、周平が静かに笑って言った。

尻を撫で回していた手がスッと離れ、冷えてきた身体を抱き寄せられる。

「おまえと俺のことを話そう。まだ知らない、昔の話だ」

背中に湯をかけられ、佐和紀は心地よさに目を閉じた。周平の肩にあごをつけて眺める景色は感慨深く、佐和紀の心の奥に苦い後悔を呼ぶ。

ケガをしたことは謝らない。後悔もしていない。だけど、何度もやれば単なるバカだ。ケガをしないつもりなら、きっちり無傷で帰らなければ意味がない。そういう意味での後悔を味わい、まだ寛大に振舞っている旦那に抱きつく。

秋の去り際が、梢《こずえ》を鳴らす風の中に潜んでいた。そしてやがて、冬がやってくる。

二人が結婚した椿《つばき》の季節だ。あれから、もう二年が経とうとしていた。

あとがき

こんにちは。高月紅葉です。

仁義なき嫁シリーズ第二部・第二巻『乱雲編』をお手に取っていただき、ありがとうございます。

今回はちょこっと加筆です。恒例になりつつあった三井と周平の喫茶店シーンは入りませんでしたが、いろいろとマイナーチェンジをしております。それでも、かなりのページ数になってしまいました。減ページを依頼されたら濡れ場を削るしかなかったので、そのままお届けできて良かったです。

初登場の支倉と悠護は、かなり前から用意してあったキャラで、ここでやっとのお目見えとなりました。悠護については「人ひとり見つけ出せないものか」という疑問が残るかと思うのですが、住民票を持たない人間を探すというのは意外に難しいものです。それに、美しい記憶をそのままにしておきたい感情が悠護にはあったので。

支倉の『あてつけ』については、もはや、理解しようと思わない方がいいです（笑）。

損得や好き嫌いの基準がそもそもおかしいし、作中で散々問われていたように、恋愛を理解することができない人です。でも、周平のことは熱烈に好きですけど……。ちなみに性的衝動を感じるかどうかも不明ですが、他の人に対しては攻だと思います。

支倉はこれからも口うるさい小姑根性のまま、あんまり変わりません。佐和紀のことは好きじゃないけど、とっても大切な周平さんの惚れた相手なら百歩譲るって感じでしょうか。この人は、周平に本命ができること自体が嫌だったのかもしれないですね。限りなく恋に近いけど、そうじゃない……。すごく深い感情を秘めているかもしれないので（笑）、のんびりと眺めてやってください。

悠護と佐和紀（美緒）の過去は同人誌で書き、電子書籍の短編集にも収めました。興味があればそちらをお読みください。『続・仁義なき嫁6～短編集～』に収録の『bygone days 1』です。ついでに、悠護と周平のやさぐれた過去も見られます。

末尾になりましたが、この本の出版に関わった方々と、最後まで読んでくださっているあなたに心からのお礼を申し上げます。また次回もお会いできますように。

高月紅葉

電子書籍『続・仁義なき嫁～乱雲編～』に加筆修正

ラルーナ文庫

この本を読んでのご意見・ご感想・ファンレターなどお待ちしております。〒111-0036 東京都台東区松が谷1-4-6-303 株式会社シーラボ「ラルーナ文庫編集部」気付でお送りください。

仁義《じんぎ》なき嫁《よめ》　乱雲編《らんうんへん》

2017年4月7日　第1刷発行

著　　者｜高月紅葉《こうづきもみじ》

装丁・DTP｜萩原 七唱

発 行 人｜曺 仁警

発 行 所｜株式会社 シーラボ
〒111-0036　東京都台東区松が谷1-4-6-303
電話　03-5830-3474／FAX　03-5830-3574
http://lalunabunko.com

発　　売｜株式会社 三交社
〒110-0016　東京都台東区台東4-20-9　大仙柴田ビル2階
電話　03-5826-4424／FAX　03-5826-4425

印刷・製本｜シナノ書籍印刷株式会社

　ISBN978-4-87919-986-7

LaLuna

毎月20日発売！ラルーナ文庫 絶賛発売中！

仁義なき嫁　情愛編

高月紅葉 | イラスト：猫柳ゆめこ

三交社

嫁入りから一年。組を捨てて周平と暮らすか、別れて古巣に戻るのか。
佐和紀は決断を迫られ。

定価：本体700円＋税

[redacted]